山东文化体验廊道故事丛书·下编

德州
历史文化故事

DEZHOU LISHI
WENHUA GUSHI

总编纂　王志民
主　编　王守栋

山东文艺出版社

图书在版编目（CIP）数据

德州历史文化故事 / 王守栋主编. — 济南：山东文艺出版社，2023.9

（山东文化体验廊道故事丛书）

ISBN 978-7-5329-6974-6

Ⅰ.①德… Ⅱ.①王… Ⅲ.①历史故事—作品集—中国 Ⅳ.①I247.81

中国国家版本馆CIP数据核字（2023）第153826号

德州历史文化故事

DEZHOU LISHI WENHUA GUSHI

总编纂 王志民　　主编 王守栋

主管单位	山东出版传媒股份有限公司	
出版发行	山东文艺出版社	
社　　址	山东省济南市英雄山路189号	
邮　　编	250002	
网　　址	www.sdwypress.com	

读者服务	0531-82098776（总编室）
	0531-82098775（市场营销部）
电子邮箱	sdwy@sdpress.com.cn

印　　刷	山东临沂新华印刷物流集团有限责任公司
开　　本	880毫米×1230毫米　1/32
印　　张	7.25
字　　数	152千
版　　次	2023年9月第1版
印　　次	2023年9月第1次印刷
书　　号	ISBN 978-7-5329-6974-6
定　　价	59.00元

前　言

　　党的二十大报告明确提出："坚守中华文化立场，提炼展示中华文明的精神标识和文化精髓，加快构建中国话语和中国叙事体系，讲好中国故事、传播好中国声音，展现可信、可爱、可敬的中国形象。"习近平总书记在文化传承发展座谈会上深刻指出，要在新起点上继续推动文化繁荣、建设文化强国、建设中华民族现代文明。编纂出版《山东文化体验廊道故事丛书》（以下简称《丛书》）是深入学习贯彻党的二十大精神和习近平总书记重要指示精神，贯彻落实山东省委、省政府关于打造文化"两创"新标杆部署要求的重要举措，是立足山东文化资源优势，以沿黄河、沿大运河、沿齐长城、沿黄渤海和沿胶济铁路等文化体验廊道为轴线，以各市文化体验廊道建设为着力点，撷取历史文化精华的大型普及性学术工程，是在新的历史起点上讲好山东故事、坚定文化自信、推动文化繁荣、促进文旅结合的重点文化项目。

　　山东，古称"齐鲁之邦"，是中华文明最重要的发源地之一。奔流的黄河由山东入海，齐鲁大地是黄河文明的核心区域之一。巍峨屹立的泰山，自古以来就是历代帝王封禅之地，是中国东方上层文化的活动中心，1987年被联合国教科文组织列为中国第一个世界文化、自然双重遗产。黄渤海环绕的山东半岛是全国最大的半岛，漫长海岸线形成了丰厚的海洋文化资源，一直是中国北方海上丝绸之路的重要门户。山东又是伟大思想家、教育家孔子和孟子的故乡，是儒家文化的发源地，是中国人乃至全球华人、华裔心中的"圣地"。在被称为中华文明"轴心时代"的春秋战国时期，齐鲁是中华文明的"重心"所在：诸子百家，多出齐鲁；儒墨显学，独领风骚。齐国故都临淄，是当时最大的工商业都城，被国际足联命名为"足球起源地"；这里诞生了中国历史上最早的大学堂——稷下学宫，是诸子百家争鸣的学术文化中心；齐长城西起济水，东到大海，蜿蜒于泰沂山脉，全长一千余里，是现存最早的有准确遗迹可考、保存状况较好的古代长城；被列为世界文化遗产名录的京杭大运河，纵贯山东南北，极大影响了元明清以来山东地区的经济文化发展，鲁西沿岸城市带的崛起，成为中国南北文化交流融合的运河明珠，见证了山东地区社会文化的隆替嬗变。近代以来，随着烟台、青岛等沿海城市的崛起和胶济铁路的修筑，山东成为中西文化交流、冲突、碰撞、融合的核心地区之一，收回青岛主权成为"五四"爱国运动的导火索。革命战争年代，山东党政军民用生命和鲜血凝聚而成的"党群同心、军民情深、水乳交融、生死与共"的"沂蒙精神"，是齐鲁优秀文化、伟大建党精神与中国共产党领导的人民革命英雄主义精神的集中体现，是对山东境内沂蒙、胶东、渤海、鲁西（冀鲁豫边区）

等抗日革命根据地红色文化、革命精神的集中凝练和概括，与延安精神、井冈山精神、西柏坡精神等一起成为中国共产党人精神谱系的重要组成部分。齐鲁文化在中华文明发展中的特殊地位，山东地区源远流长、丰富厚重的文化资源，坚定文化自信和自觉的历史责任担当是我们举全省之力编纂《丛书》的内在动力。

《丛书》以国家文化公园建设为引领，以落实文化"两创"、推动"两个结合"为宗旨，以推动全省及各市文化建设为目标，是具有权威性、故事性、可读性、趣味性的历史故事集成，是一套可携带、可利用、可转化的文化读本。《丛书》分为上、下两编，上编16本，围绕"四廊一线"文化体验廊道、八大文化传承发展片区展开。"四廊一线"构筑的沿黄河、沿大运河、沿齐长城、沿黄渤海、沿胶济铁路的文化交通线纵横交错，相互联系又各具特色，其特点是以脍炙人口的故事形式联通"四廊一线"的人物事迹、重点景区、遗址遗迹等，厚植文化体验廊道的思想内涵和文化底蕴。八大文化传承发展片区，既涵盖了沂蒙、渤海、鲁西、胶东四大红色文化片区，又吸收了泰山文化、儒学文化、齐文化作为重要支撑，演奏出山东历史文化、革命文化、社会主义先进文化的时代交响。下编16本，紧紧围绕各地市优势和特色展开，主要记述本地区历史故事、文化遗址与人文景观、非物质文化遗产等内容，是推动文化廊道落地、推进片区文化建设、增强文化认同、深化文旅体验的重要载体。

《丛书》由山东省委常委、宣传部部长白玉刚统筹谋划和指导，省委宣传部专门组建学术编纂委员会负责具体实施，省直各有关部门和各市委宣传部给予大力支持配合，省内相关高校、研究机构和各市有关单位共100余位专家学者积极参与，历经酝酿策划、启动实施、提纲设计、样稿研讨、通稿审稿、编辑出版等六个阶段。2022年以来，省委、省政府先后印发《关于打造中华优秀传统文化"两创"新标杆行动计划（2022—2025年）》《关于建设文化体验廊道推动文旅融合高质量发展的实施计划（2023—2025年）》，全方位挖掘展现山东人文沃土可以深度耕作的比较优势，为《丛书》编纂做好了思想、学术和组织准备。具体编纂过程中，省委宣传部专门印发《关于做好〈丛书〉编纂工作的指导意见》，统一思想认识，作出全面部署。编委会以线上线下形式，多次召开全体会议和分组专题会议，狠抓三个重要工作节点：**一是审定编撰提纲。**通过反复研讨、交流、修改、会审等形式逐一审定编写提纲，最大程度保证全书质量。**二是树立样稿典型。**集中力量撰写、反复研讨修改，确定分类样稿，做好典型导引。**三是全力做好通稿统审。**采用主编初审、各卷主编交流互审、学术专家主审、首席专家终审等层层把关、集中审查、反复修改的方式提高稿件质量。

回顾《丛书》编纂工作，始终注意把握好以下四个方面：**一是坚定文化自信。**通过挖掘历史资料、开发历史资源、恢复历史场景等形式，获取文化营养，坚定文化自信。**二是助推文化自觉。**通过传承弘扬优秀传统文化、红色文化、社会主义先进文化，深入挖掘历史先贤和革命先烈的伟大事迹，推动文化自觉，与培育践行社会主义核心价值观有机结合。**三是落实文**

化"两创"。精选真实历史故事，注重挖掘故事背后的文化内涵，推动齐鲁优秀传统文化在新时代创造性转化和创新性发展，推进文化自信自强。**四是服务文旅融合。**借助故事、景观、遗址、非遗讲解词、短视频等融媒体形式，让广大读者在区域文化旅游、廊道文化体验中感受中华文化的博大精深，增强民族自豪感和自信心。

在内容撰写上注重四个结合：**一是与廊道体验相结合。**突出廊道建设概念，以故事为纬线，以时代发展为轴线，通过富有魅力的故事讲述，展示历史人物、景观、史实，引领读者体验传统文化的恢宏气势和博大精深。**二是与景观建设相结合。**以真实动人的故事为景观建设提供重要的历史资源和文化依据，通过一个个精品景观建设展示历史故事的丰富内涵和当代价值。**三是与文物保护相结合。**通过讲述历史故事，让广大读者进一步了解相关文物、遗址的历史文化价值，提升文物保护意识，推动群众性文物保护工作再上新台阶。**四是与媒体利用相结合。**立足于故事转化，使故事成为各类媒体传播的重要基础、蓝本和素材，成为廊道文化、片区文化讲解、传播的重要学术依据和资料来源。

《丛书》的编纂出版，是普及、传播优秀传统文化，推动文化"两创"的新尝试。衷心希望广大读者通过阅读本书，吸收丰富文化营养，多提宝贵修改意见。

编者

2023 年 8 月

导　语

　　德州地处南运河与卫运河之间，居运河之要冲，扼运河之咽喉，成为贯通南北的枢纽，素有"九达天衢""神京门户""运河名城"之美誉。这里是远古龙山文化的重要发祥地，留下了大禹治水的足迹；这里是汉代智圣东方朔、清代文坛宗匠田雯、三朝"阁老"卢荫溥的故乡，留存着书法大师颜真卿的不朽之作；这里长眠着一位来自异国他乡的友好使者——苏禄国东王巴都葛叭答剌，刻下了丝绸之路的历史印记；这里有驰名中外的德州扒鸡……这里的人民被赋予了黄河文化和大运河文化的灵气，传承着齐韵鲁风、燕魄赵魂的精华，厚德包容、崇尚气节，德风永续、文脉流长。

　　德州自古至今饱受黄河、运河文化的沾溉，孕育了独具区域特色的"水德"文化，这对德州的人文精神产生了深远影响。重廉耻、敦礼仪和崇文尚学的习俗风气，几乎成为德州人文性格和地域风俗的鲜明特征。这片沃土孕育了名士东方朔、祢衡，魏晋南北朝大臣崔宏、崔浩和史学家崔鸿，中国历史上有据可查的第一位状元孙伏伽、诗人张祜、宋代名臣吕颐浩、文学家李之仪，明代大学士董伦、书法家邢侗，清代学者田雯、卢见曾、卢荫溥等。在"水德"文化的熏陶下，崇儒、厚德、尚学的人文精神代代传承，而且在他们人文性格的形成过程中居于主导位置，起到了决定性作用。

德州地处齐鲁之邦，毗邻燕赵大地，因黄河而生，因运河而兴，历史悠久，文脉悠长。黄河从青藏高原奔腾而下，穿越崇山峻岭与幽壑深谷，破龙门而出，浩浩荡荡地奔向中原大地。河水裹挟着来自黄土高原的大量泥沙，经过持续不断的冲刷淤积，形成了今天的华北平原。正是黄河的滋养，造就了德州这块古老而又神奇的土地，黄河文化是德州文化的源头。德州地处运河漕运枢纽，运河沿岸码头林立，仓储丰厚，各类漕运官署衙门星罗棋布，盛极一时。昔日众多的码头、河埠、临水石阶，既是消化运河两岸商贸资源的先锋，也是运河民俗风情的载体；它们是外来者进入德州的大门，也是历史上德州走向外部世界的起点。它们沿袭了德州崇文重德的文化主脉，又承载着运河开放包容的文化精髓，从而孕育出丰富多彩的德州运河文化，留下了宝贵的文化遗产。雄浑壮阔的黄河文化、灵动秀雅的运河文化、淳朴敦厚的齐鲁文化和慷慨仗义的燕赵文化在此交融积淀，赋予了德州"厚德、包容、创新、图强"的城市精神，也成就了"大德之州、好运之河"的城市品牌。

目　录

一

九达天衢

德州地处齐鲁之邦，毗邻燕赵大地，因黄河而生，因运河而兴，素有"九达天衢""神京门户"之誉。雄浑壮阔的黄河文化、灵动秀雅的运河文化、淳朴敦厚的齐鲁文化和慷慨仗义的燕赵文化在此交融积淀，历经数千年的沧桑岁月，传承不息，文脉赓续。

（一）古城往事

1. 德水安澜

德州名称的由来

德州是以"德"字命名的城市，德州的"德"是怎么来的？据说与"一水二帝"有关。这"一水"就是指中华民族的母亲河——黄河，这"二帝"可谓家喻户晓、妇孺皆知，一位是千古一帝秦始皇，另一位就是汉高祖刘邦。

咱们先说一说这个"德"字与秦始皇的关系，它与秦始皇信奉"五德终始"之说有关。"五德终始"说是战国时期阴阳家邹衍提出的、运用阴阳五行的理论来解释王朝兴衰的学说。"五德"就是金、木、水、火、土所代表的五种德运，邹衍认为，王朝的兴衰更替是"金、木、水、火、土"这五种德运相生相克的结果。他认为黄帝时期是土德，之后的夏朝是木德（木克土），代夏而起的商朝是金德（金克木），代商而起的周朝则是火德（火克金）。由此预言，下一个王朝必是水德（水克火）。而且他认为上天会降祥瑞使德运显现，即会出现一种所谓的征兆来印证这种德运。比如，黄帝是土德，当时的征兆是所谓"黄龙地螾见"。黄帝曾言"土气胜"，尚黄色，以黄色为国色，穿黄衣、戴黄帽、竖黄旗，以合土德之瑞。大禹时"青龙止于郊，草木畅茂”，"木气胜"，尚青色。商汤时"银自山溢"，"金气胜"，尚白色。周文王时"天先见火，赤鸟衔丹"，"火气胜"，尚赤色。

秦始皇对此说深信不疑，他认为秦代周，周为火德，秦朝当然就是水德。有什么征兆呢？秦始皇称，当年老祖宗秦文公外出打猎，在渭水获得了一条黑蛟龙，这就是上天所降的祥瑞，即"水德之瑞"。为了与"水德之瑞"相迎合，秦始皇下令将当时称"河水"的黄河改名为"德水"。因为德水（黄河）当时就打德州流过，这样就为这个地方打上了"德"的烙印。

真正将"德"这张名片贴在德州的，是汉高祖刘邦。秦亡汉兴，刘邦认为秦朝因暴政迅速灭亡，不配得"水德之瑞"。获"水德之瑞"的，应是汉朝。所以他在德水之畔（今德州陵城区一带）设一县，取名"安德"，取意"德水安澜"，意为德水波澜不惊、安定祥和，反映了人们的一种企盼。隋朝建立后，隋文帝进行地方行政机构改革，废除郡级行政机构，实行州、县两级制。开皇九年（589），废平原郡，取"安德"之"德"，设置德州。

可见，德州之名直接来源于"德水"——黄河，德州与水有着不解之缘，因河而生，因水而兴。

2. 靴子城

德州城的形状

德州古城有一千多年的历史，原为土城。明洪武三十年

（1397），德州都督张文杰、德州卫指挥徐福重修古城，外砌青砖，内夯实土，建成德州砖城。

德州古城坐落于运河东岸，因运河走向及地势影响，城墙的走势也随之变化，因而古城并非像一般城池那样呈方形，而是大致像一个靴子，南为"靴筒"，北为"靴底"，"靴头"朝西，所以德州古城俗称"靴子城"。

有关靴子城的来历，民间还有一个传说：德州城本是姚广孝设计的。这姚广孝就是后来帮燕王朱棣夺取天下的那位，他上知天文，下知地理。当他设计的德州城图呈到朱元璋案前时，朱元璋拿起朱笔一挥，就成了靴子的形状，靴底朝着燕京方向，以图镇北，这样就建成了靴子城。可后来，德州城在西北角又开了个小门，把"靴子"捅了个窟窿。这样一来，靴子城就镇不住燕京了。

德州砖城内夯实土，外砌青砖。城高3丈7尺，厚3丈；外周长10里180步，内周长9里13步，城内占地3721亩，城墙占地963亩。城外开护城河，环绕城墙。护城河深2丈，宽5丈。城门有四：东曰"长乐门"，西曰"聚秀门"，南曰"朝阳门"，北曰"拱极门"。后来，北城居民为取水便利，在西城墙北段又开了一个小门，称"广川门"。这样，德州城就由原来的四座城门变为五座城门，西门有两个：南边的聚秀门又叫"大西门"，北边的广川门又叫"小西门"。明清两代不断加固、修葺，在西城墙上建振河阁一座、城东南建雁塔一座，并增修门楼、谯楼、瓮城和敌楼等。

振河阁坐落在德州西城墙上，建于明万历四十年（1612）。

振河阁为二层方形，砖木结构，斗拱重檐，筒瓦方攒尖顶，小巧玲珑，挺拔秀美。沿木梯可上阁顶，阁顶四周环廊，绕以木栏。站在廊上，眺望运河、古城、驿道，美景尽收眼底。尤其是晨光熹微或夕阳西下时分，城堞楼阁、古道驿马、大河桅樯融为一体，成为古州城一道亮丽的风景线。振河阁与文昌阁、玉皇阁、文武阁并称德州四大名阁。

雁塔又称"题名塔"，位于德州城东南城角上，明万历四十年（1612）建。雁塔为八角七层楼阁式砖石结构，塔高约三十米。塔内砌石，镌德州名人名讳，故名题名塔。清康熙年间，为振文风，表彰前贤，户部侍郎田雯捐资重修，立题名碑，将德州历代进士之名刻于碑上。德州雁塔古朴玲珑，挺拔秀丽，稳重简洁，造型优美。塔身虽不高，但建在古城墙之上，显得孤高挺拔，十里之外便可望见。

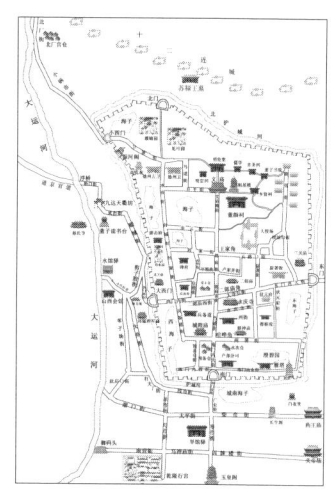

德州古城示意图

民国时期，战乱频仍，德州城破坏严重。1929年，修葺各门，改东门为"民生门"，大西门为"民族门"，小西门为"民权门"，南门为"中山门"。

1937至1945年日军侵占德州期间，大肆破坏州城，使一些古建筑和重要文物损毁殆尽，城内断壁残垣。自1947年始，随着旧城改造工作的展开，德州古城墙逐渐被拆除。

3. 瓮城上有三座庙

南门瓮城上的庙宇

德州古城南门（朝阳门）的瓮城上并排着三座庙宇：关帝庙、三义庙和白衣堂。中国古城大多在瓮城内设关帝庙，在城上建庙的则非常罕见，这就成了德州古城的一大特色。

关帝庙、三义庙和白衣堂在瓮城正中，与南门箭楼相对。关帝庙居中，三义庙、白衣堂分列东西两侧。

德州古城朝阳门（王宪贞绘）

关帝庙是三庙中最大的一个。关帝庙属帝王庙，因而黄瓦盖顶，红墙、红棂门窗。廊柱上有一副金字楹联：上联是"青灯观青史着眼在春秋二字"，下联为"赤面表赤心满腔存汉鼎三分"。正中位有一神龛，木雕盘龙图案，龛内供关公彩塑坐像，冕旒帝冠，丹眉凤目，五绺长髯，被香火熏得面色黑红；

左手托《春秋》，右手捋长髯，正襟危坐，庄严肃穆。左立周仓，环眼目瞪，虬须满腮，双手紧握青龙刀；右立关平，眉清目秀，仗剑捧印。神龛前摆有供桌，案前置一双耳圆腹的香火炉。庙内顶部有九龙含珠藻井。殿顶垂下一条黄绫丝带，下系一四方锦盒，据说内装汉寿亭侯之印。靠山墙有一泥塑赤兔马，昂首眺目，栩栩如生。当地传说，农历六月廿四关公寿诞之日，马肚之下如有汗渗出，就会风调雨顺。于是，四方百姓便会齐聚关帝庙，举行隆重的祭祀活动。清末民初，德州商会曾在此办公。

三义庙位于关帝庙东侧，气势远不及后者。一间三楹，正中供汉昭烈帝刘备彩色塑像，方冠冕旒，眉清目秀，三绺长髯，两耳垂肩，双手过膝，正襟危坐。左侧关羽，绿袍锦带，五绺长髯，丹眉凤目，面如重枣，仪表堂堂，不再是关帝庙中的帝王神像。右侧张飞，黑面如漆，虎目圆睁，络腮胡须。关、张两位均为立姿彩塑。民国年间，德县政府的文化部门曾在此设置图书阅览室及文化会所。

白衣堂位于西侧，德州人习惯称之为"奶奶庙"或"娘娘庙"，供奉"送子娘娘"。送子娘娘在德州民间有两种说法，一是送子观音，俗称"菩萨奶奶"；二是碧霞元君，俗称"泰山奶奶"。送子娘娘的神像供在正堂神龛里，两旁设东尊娘娘和西尊娘娘，三位娘娘均为慈眉善目、雍容华贵的传统妇女形象。过去家家户户以祈求"三多"（多子、多福、多寿）为重，每年农历六月廿四这天，白衣堂的求子者、还愿者摩肩接踵。求子者到东尊娘娘前求一个"愿望锁"，求女者到西尊娘娘前

8

求一条"红绳结",人山人海,如同赶庙会一般。

4. 古城四关

南关热闹西关吵,北关东关静悄悄

德州古城东、西、南、西北四关呈现出不同的景象,南关是繁华的商业区,所以热热闹闹;西关有运河码头、进京官道,运河船工号子、扛夫的吆喝、小贩的叫卖声此起彼伏。相比之下,东关不是商业区,北关则道路不通、人烟稀少,所以"静悄悄"。为什么会这样呢?这与其交通状况有关。

著名的九省进京官道过济南府、晏城、禹城、平原到达德州城,穿过州城南关进南门(朝阳门),过州城出西门(聚秀门),沿西门外大街、顺城街北行,过运河浮桥,通往景州(今河北景县)。所以古城南门和西门是人们行走于进京官道的必经之地,常年熙熙攘攘。而城北是荒地,人烟稀少,所以道路不通,北门(拱极门)长期不开。东门(长乐门)内,左边是一个大池塘,右边是尉署衙,城外是青龙桥,几乎没有民宅和商铺,所以不繁华。

南门内外是繁华的商业区,有柴市街、枣市街、羊市街、线市街、马市街,以及柴市角、四牌楼角等。街巷两旁茶棚酒肆等各类店铺鳞次栉比,幌子醒目,酒旗高挑。装卸车船的脚夫、南来北往的富商、临街叫卖的小贩、衙门差役兵卒、过往的达官贵人、考取功名的文人学士、逛街游玩的豪绅名流等,摩肩接踵;有扛包的、拉车的、挑担的、骑驴的、跨马的、坐轿的、乘车的，各色人等熙熙攘攘。南关是陆路交通枢纽，车水马龙，人来人往，可供官差、商旅食宿的馆驿特别兴旺。其中，旱馆驿就设在这里。旱馆驿（安德马驿）始建于元代，位于城南马神庙（现光明街小学）处，洪武九年（1376）南迁至四牌楼东（现前进街五中校址）处，旱馆驿坐北朝南，为砖木结构，小门三楹，各有楹朕，黑漆金字。大门是小巧玲珑、非常别致的三间门房，叫"骑道二马殿"，能同时并行进出两匹马。主殿为砖木结构，进深十米，长十五米，正殿正中供奉"关帝圣君"，东、西各有六间厢房。院内有三棵大槐树，东西各设钟、鼓楼一座。西厢房的南角门，可通西跨院。院子大约有四十平方米，北房高大宽敞，叫"北禅堂"，南房叫"南禅堂"。两堂之间，紧贴西墙，建有坐西面东"串堂官厅"三楹，青砖台阶，雕梁画栋，古色古香。

西关也是繁华的商业区。大西门外，有西门外大街、顺城街、大小竹竿巷等，著名的"九达天衢"牌坊就立于大西门外、运河东岸的官道上。西关外还有沿运河码头商业区，各类船只往来穿梭，昼夜不息，有运粮漕船、进出京城的官船，也有南来北往的客船、货船，熙熙攘攘，热闹非凡，小贩的叫卖声和船工的号子声此起彼伏。码头内帆樯如林，货积成山。山西商人在这里建有会馆，位于大西门外运河东岸，三进院落，砖木结构，富丽堂皇，殿宇廊庑，雕梁画栋。前院正殿供奉"关帝圣君"，后院正中为戏台，对面是正堂五楹，东西为左右厢房，后为倒座，分别为议事厅、客栈及马厩。山西会馆大门外就是运河码头，船来货往，人流不断。明洪武九年（1376）在西门外建水馆驿（安德水驿），砖木结构，大门三楹，中间是高五尺的券门。院落中心是约三十米高、砖木结构的二层楼阁，坐西面东，与大门相对。因德州是运河漕运枢纽，水馆驿非常繁忙，有"金河玉枢"之称。

5.九达天衢坊
德州古城最有名的地标

明清时期，德州古城地处南方诸省进京的咽喉要道，有"九达天衢"之称。过去德州城西官道上有一座横跨大道的骑街牌坊，红柱黄瓦，金碧辉煌，十分壮观，这就是名闻遐迩的德州九达天衢坊。其横楣上有"九达天衢"四字，相传为严嵩所书。严嵩是明嘉靖朝重臣，华盖殿大学士，内阁首辅，专擅国政达二十年之久。

古州城西关及九达天衢坊（李伏源《长河形胜图》局部）

九达天衢坊建于明代，其结构为三洞式，由四根朱红色的圆立柱支撑。在四根圆柱两侧，各有对称的斜顶柱一根，每根斜顶柱的柱脚下，各有一个造型奇特的顶柱石兽。石兽为伏卧状，头向一侧仰望，脊后生出尾巴。因其头部和苏禄国东王墓的石虎相似，故有人称其为"石虎"；又因其状似青蛙，民间俗称为"石蛤蟆"。八只石蛤蟆，七只伏在原位置上不动，唯独东南角的一只却"爬到"大路旁的池塘边上去了。就因为这只石蛤蟆"擅离职守"，留下了一段南方游医盗宝的传说。

传说有一年，德州来了个手摇串铃的南方游医，这个游医从小练就了火眼金睛，白天能认出各种奇异的宝物，夜间能看入地下三尺。这天他从九达天衢坊经过，一眼便看出东南角的这只石蛤蟆成了精，变成了金蛤蟆。于是，他就在离九达天衢坊不远的顺成街王家老店住了下来。晚上客店关门时，游医便离店外出。店伙计李二狗问他何时回来，他说出去配药，回来的时间说不准。二狗便任他自去，开始并没放在心上。可是，游医每晚半夜出门，天明方归，日子一久，二狗便起了疑心。一天夜晚，游医又出门去了，二狗便关好门，悄悄地跟在后面要去看个究竟。到路口一看，游医没有去药店，却径直往西去了，二狗心里纳闷，就尾随着游医出了米市街西口。这时，二狗忽然发现九达天衢坊东南角的那只石蛤蟆爬到池塘边上去了，金光闪闪。他吃了一惊，继续躲在墙角偷看，只见游医一步步向在池塘边喝水的金蛤蟆靠近，离金蛤蟆还有二十多步时，游医停住了。看着金蛤蟆喝完水回到原位置上，游医便开始往回走，这时，已是五更天了。从此，二狗每晚尾随窥探，发现游医每晚比前一晚多向那只金蛤蟆靠近两步。直到一天晚上，游医离金蛤蟆还有两步远。二狗看得心急，情不自禁地喊了声"快抓"，岂料那只金蛤蟆随着喊声顿时又变回了石蛤蟆，趴在那里一动不动了。游医一看是李二狗，气得把脚一跺说："眼看到手的宝贝，叫你给毁了！"游医盗宝不成，一气之下离开了德州。从此，那只石蛤蟆就一直趴在池塘边上。

6."喧哗角"里最喧哗

德州古城最热闹的十字路口

古州城街巷密布，纵横交错，城内外大街小巷六十余条。过去德州称两街交会的十字路口为"角"，由于街巷纵横交错，形成了众多大大小小的"角"，其中以喧哗角最为有名。德州古城南门内外，是老德州最为繁华的商业区。进南门，沿南门内大街北行，第一个大十字路口（南门内大街与州署街交会处）就是喧哗角，大致在今解放路与三八路交会处。喧哗角起初叫"宣化角"，因官府在此张贴文告而得名。后因繁华热闹，才渐渐叫成了"喧哗角"。

喧哗角以其喧闹、繁华著称。这一带店铺、货摊密集，酒楼、茶庄、商号、当铺、钱庄林立。州城酒楼三盛园、鸿盛楼、德庆园、新华春、江南春、庆华园，商号公和成、瑞合成、中和商行、振兴布庄、呈庆酱园，茶庄华振茶店、广兴合茶庄、广丰永茶庄，药店颐寿堂、延寿堂药店等，钱庄聚源长号、德大号、山成玉银号、协记号，都集中分布在这一带。其中以鸿盛楼最为著名。

鸿盛楼坐落于城内喧哗角，掌柜系名厨张鸿林（北厂村人氏）、于盛（南门西街人氏）二人。字号取张鸿林之"鸿"字，于盛之"盛"字，合之为"鸿盛楼"。鸿盛楼坐西朝东，门面三间，后有南北房各三间，西楼两层六间，门首悬挂匾额一块，黑底金字，上书"鸿盛楼"。门前还立一竖匾，字迹优美，系清末拔贡李承训所书。鸿盛楼饭菜讲究色、香、味、形、火候俱佳；煎、炒、烹、炸、熘、烧、烤、焖、炖、蒸样样精湛；海参鱼翅、猴头燕窝、满汉全席样样俱全。"闻香下马，知味停车"，门前车水马龙，常年食客盈门。饭庄设掌柜、先生(会计)、红案、白案、水案、学徒、伙计等，管理有方。从掌柜到学徒、伙计，人人学有专长；手、眼、嘴、腿，要做到四勤。凡四方食客进店，指名点菜，绝不说"没有"，必须使客人满意。一次，一外地老者进店后要了一饭一汤，名曰"鸡爪炒饭""小白龙过江"。伙计高唱"稍后便到"，报于后厨。一会儿，饭汤上齐，老者品尝后非常满意。其实，世间从未有用鸡爪炒饭的，"鸡爪炒饭""小白龙过江"只是比喻，考验厨师悟性。厨师斟酌后，用嫩鸡肉丝下油勺炒，把准火候，待嫩鸡丝炒至弯曲，呈鸡爪状，马上与白米饭合炒，翻两翻，颠两颠，"鸡爪炒饭"便做好了。然后打汤，勿下酱油，捏上少许绿豆芽，豆芽白，汤亦白，清口味佳，故名"小白龙过江"。掌柜张鸿林是鲁菜名厨，刀功、烹艺远近闻名。

7. 不以竹竿闻名的竹竿巷

居住在竹竿巷的名门望族

　　京杭大运河沿岸各城市大都有"竹竿巷"，它是沿运河城市形成的专门生产销售南方竹制品的市场。但德州竹竿巷却是十分特殊，它是因居住在这里的萧、田两大仕宦家族而出名的。这条位于运河右岸董子读书台下，长仅百米、宽两米的小巷子，于清初不足百年的时间里考出进士五人和拔贡一人，其中官职最高的做到右侍郎；这里也是诗歌创作与道德品格的高地，既有诗名全国的田雯、冯廷樾两名大诗人，又有闻名全国的两名女性表率，其中田张氏甚至位居《清史稿·烈女传》第一。康熙皇帝南巡来到德州，曾将亲书的条幅赐予这里的三位致仕大臣；大学士陈廷敬曾为田雯、萧惟豫的母亲撰文；诗坛盟主王渔洋在这条巷子里不仅有乡试和会试同年，而且还有学诗的高徒。更有甚者，卢见曾直接将德州竹竿巷与南京乌衣巷相提并论。

竹竿巷科甲蝉联，名卿辈出。如田绪宗，顺治八年（1651）考中举人，次年（1652）中进士，官至浙江丽水县知县；田雯，田绪宗长子，康熙三年（1664）进士，官至刑部左侍郎；田需，田绪宗次子，康熙十八年（1679）进士，改庶吉士，散馆授编修；田霖，田绪宗三子，康熙二十五年（1686）拔贡，授堂邑教谕。萧惟豫，顺治十一年（1654）举人，顺治十五年（1658）进士，官至翰林院侍读；萧炘，萧惟豫曾孙，康熙六十年（1721）进士，官至京都巡城御史。

竹竿巷还是文学家扎堆的地方。田绪宗之妻田张氏，著有《茹荼吟》一卷；田雯著有《古欢堂文集》二十二卷、《古欢堂诗集》十五卷、《长河志籍考》十卷、《黔书》二卷、《幼学编》四卷、《诗传全体备议》八卷；田需著有《水东草堂诗》

一卷；田霖著有《鬲津草堂诗集》六卷；萧惟豫著有《但吟草》四卷；冯廷櫆著有《冯舍人遗诗》六卷。

竹竿巷人才辈出，曾赢得许多荣誉：康熙皇帝为竹竿巷致仕三大臣书赠条幅，赐田雯御书"寒绿堂"匾额，萧惟豫、田需亦蒙赐御书各一幅；名相陈廷敬为田雯母亲撰写《张太恭人传》，为萧惟豫母亲撰《程太君墓志铭》。清初诗坛盟主王渔洋与田绪宗是考举人时的同年，与萧惟豫又是考进士时的同年。王渔洋对田氏家族的诗歌水平非常赞赏，曾经高度评价田雯母亲田张氏的《茹荼吟》，对田雯的诗也是称赞有加。卢见曾将竹竿巷与南京乌衣巷相提并论，曾写过《竹竿巷》诗："乔木交枝荫水涯，萧田连舍剧清华。竹竿也似乌衣巷，只剩寻常百姓家。"

8."三山不见，四海不露"
隐藏在城南的高地与池塘

过去德州城南有"三山不见，四海不露"之说。外地人很是奇怪，山在哪里？海又在哪里？德州城内外除了运河大堤，都是一马平川，怎么会有"山"和"海"呢？

说起"三山"和"四海"，不得不提大运河的河堤。"山"是过去城南的护城大堤形成的高地，"海"是筑堤掘土形成的池塘（德州当地人称池塘为"海子"）。

清代运河改道西移前，大运河呈西南—东北走向，在城南拐一个大弯，再折向西北。过去运河决口，往往水漫城门。如

1917年，运河在恩县耿李庄决口，大水围城，仅露七砖。俗话说："城墙上涮脚丫儿，看见景州的塔儿。"为了防止运河决口灌城，人们在南门外筑起一道长堤。筑堤时挖的土坑，就形成了"海子"。为防止大雨对堤坝的冲刷，还在坝上用青砖砌了长长的"溜口"，也叫"水嘴子"，这就是后来"溜口街"的来源。

雍正四年（1726），运河改道西移，城南只留下一道高高的旱堤。人们开始在大堤两侧建房搭屋，开设商铺。由于这一带地势高，水淹不到，所以人口越来越多，南门外逐渐繁华起来。大堤两侧，店铺鳞次栉比，逐渐形成了两条繁华的街巷。火神庙至马市角以西叫"溜口街"，即后来的商业街；马市角以东至柴市角叫"米市街"，即后来的太平街。原大堤变成了街巷，大堤上下住满了人家。大堤的最高点成了街巷的交叉口（当地称之为"角"），其中火神庙角、马市角、柴市角是州城最高点，它们便成了人们口中看不见的三座"山"了。今天，柴市街口仍是德州城的制高点。原筑堤取土形成的四个大海子，周围也盖起了民房或建成了市场，街巷上再也见不到海子了，这就是所谓"山"不显，"海"不露了。

值得一提的是，古城南门外大堤形成的街巷，是过去最繁华的商业区。有柴市街、枣市街、羊市街、线市街、马市街、米市街等繁荣街巷。其中，柴市街有"药王庙会"，每逢会期则商贾辐辏，士女如云，车水马龙，络绎不绝，极一时之盛。彼时街市、庙会上，各类商贩、江湖艺人、三教九流云集，各显神通，有变戏法的、耍猴的、演木偶小戏的、唱数来宝的、唱曲的、吹糖人的、卖狗皮膏药大力丸的、拉洋片的，等等。市井万象，丰富多彩。

9. 小桥流水忆江南

德州古城五大名园

　　明清时期，德州崇文之风日盛，名卿大儒辈出，德州田氏、李氏、谢氏、程氏、封氏、罗氏等望族纷纷兴起，他们建园修亭，园中名流雅集，交游论学。程珌筑"静轩"，卢世㴶修"尊水园"，程绍建"濯锦园"，李源修"见可园"，罗国士筑"罗朴园"，程泰建"东璧楼"，田雯有"山姜书屋"，李浃有"陶庵"，谢重辉立"杏村别墅"，李升有"古槐堂"，罗植筑"松雨楼"，卢见曾建"雅雨堂"，封大受立"柳舫"，田霡筑"数帆亭"等。其中以尊水园、濯锦园、见可园、罗朴园、澄碧园最为有名。

　　尊水园初建于明崇祯年间，是明崇祯御史、诗学大家卢世㴶的书斋别墅，坐落于德州城西门内以北的城墙下（今新湖街道办事处吕家街西首），占地约三亩。别墅古朴典雅，庭院清幽。园内凿池引水，叠石为山，设计极其精巧，名曰"尊水园"。园内设有"杜亭""画扇斋""匿峰庵""涪轩"四景观。卢世㴶曾与文学大家钱谦益携手尊水园，题诗于杜亭，一时传为佳话。康熙二十一年（1682），卢氏后人将这座园林卖给田雯。田雯将其略加修缮，于当年移居至此，并易名为"山姜书屋"，时人惯称"山姜别墅"。

濯锦园又称"程氏北园",为明末工部尚书程绍所建,坐落于德州城北廓,规模较大,十分宏伟,是名人书法荟萃的私家园林。园子坐北面南,门前左侧立有"濯锦园"刻石。园门入口处有木石结构的迎面牌坊,名曰"启秀坊";北行是一座重檐八角亭,名曰"咏俊亭";亭后便是该园的主体建筑"眙燕堂",属砖木结构的三楹厅堂。堂后为"窥园",取董子"三年不窥园"之意。园门、坊、亭、堂额上的擘窠大字,均为明南京礼部尚书、著名书法家董其昌所书。眙燕堂厅内上悬"研洁笔精"横额,为明太仆、著名书法家临邑(今山东临清)人邢侗所书。取右军换鹅之事,又书"鹅群榭"三字,为著名书法家王铎所写。园内土阜起伏,辇石为山,峰峦洞壑;园中亭、榭、曲桥、水面四布;园后有假山,路绕峰回,飞梁高台,乔木映衬,极富江南园林的构景特点。同时,园子四周长松疏柳,芳草鲜美,百鸟鸣翠,又带有浓厚的山野韵味。乡贤文人雅集于此,唱和诗词,以清人张元的《重过濯锦园赠程后三》最为有名。

见可园为清初进士李源所建,坐落于城西,坐北面南,占地十亩左右。园内建有"四清馆"一处,为文人墨客小憩之所,门楣上悬额上书"青未了"三字,为清顺治三年(1646)聊城籍状元付以渐所书。康熙末年,李源之孙李庭灿将曾祖李诚明在城东"拙政园"内所建"矩亭"移筑于"四清馆"前,并植树、种竹、赏花、觞咏其中。园内外有六十六棵古松,犹如群龙;园中曲径通幽,荷塘竹林叠翠生辉。清代著名诗人陈志来德州时写下了"德州数名胜,首屈见可园"的诗句。扬州八怪之一高凤翰曾游见可园,并绘画题诗,作《见可园六十六松歌》。

罗朴园为明崇祯监察御史罗国士的别墅花园，坐落于大西门内，占地十余亩。园内以莲池为中心，筑有松雨楼（藏书楼）、印濂亭、戴墨亭和槐荫清等景点。各景点皆环池而构，参差错落，自然呼应。时人评论道："门垣不甚峻而曲，流水不甚激而清，土山不甚耸而旷，林木不甚繁而古，亭榭不甚侈而韵。"说明罗朴园不仅富有江南园林的特色，还带有浓厚的山野韵味。

澄碧园又名"清碧园"，位于城内东南部，是德州官署花园。园中有堂、轩、亭、榭诸建筑，亭台楼阁错落有致，间植槐、柳、柏、竹等各种花木，景色雅致。乾隆中期，山东督粮道曹锡宝曾游此园，作《澄碧园十二咏》，分别以"笠瓢春晓""伊亭柳浪""长廊塔影""射圃槐荫""螯舟听雨""曲沼荷风""方桥蛙鼓""沧浪夕照""小艇渔竿""平台秋月""东篱花午""环峦积雪"十二景为题，描绘澄碧园怡人的美景。

（二）历史风云

德州历史悠久，历经数千年沧桑岁月，既上演了大禹治水的传奇故事，也传诵着后羿射日的英雄史诗。孔子过武城陶醉于弦歌之乐，秦始皇东巡震撼于平原津的滚滚波涛，刘备乱世起兵任平原县令，颜真卿奋戈而起实为中流砥柱，十二连城明军折戟沉沙，康乾二帝南巡驻跸州城，捻军血战徒骇河畔，四八五团抗击日寇，冀鲁边区烽火连天，玉皇阁大战古城解放……历史风云激荡，道不尽古今沧桑。

1. 割鸡焉用牛刀

孔子调侃子游

　　这是《论语·阳货篇》中的一段故事。春秋时期，孔子有一位叫子游的学生，他非常推崇孔子所提倡的礼乐之道。后来，他从政做了武城宰，相当于后来的武城县令。

　　子游并不因为武城是一座小城就有所懈怠，而是在这里教老百姓弹琴唱歌，让他们接受礼乐的熏陶。后来，孔子带领众弟子游说诸侯，路过武城，听到城中传来一阵阵弹琴唱歌之声，就笑起来，说道："割鸡焉用牛刀？"他的意思是说：武城不过是一个很小的地方，而礼乐却是治国的大道。用礼乐大道来对小地方进行治理，就好像是用宰牛的刀杀死一只鸡一样，实在是小题大做。

　　子游听说老师来到武城，非常高兴，热情地接待了老师和同学们。一位同学向他转述了孔子对他的评价。子游觉得老师的话欠考虑，就对孔子说："以前您教导过我们，统治百姓的人接受了礼乐大道，就知道怎样爱护百姓。而老百姓学会了礼乐大道，就会变得恭顺听话，容易被官府驱使。我觉得老师的教导应该是放之四海而皆准的，在武城这个小城难道就不适用了？"

　　听了子游的一番话，孔子一下子醒悟过来，对自己轻易发表议论感到后悔。于是他对随行的众弟子说道："子游的这番话理直词正，你们一定要把它牢牢记在心上啊。我刚才所说的'割鸡焉用牛刀'，只不过是一句玩笑罢了。"

武城弦歌台

相传，子游在武城筑弦歌台，并在此讲学，教化百姓。后人为纪念子游，在台上建了子游祠。民国《增订武城县志续编》记载，弦歌台，高九尺，上有子游祠，创始不可考。今城西十里许有石碑，为乾隆年间知县胡良显立。弦歌台北有一个行杖里村，据说子游曾在此行杖，以规劝、责罚不良之人。

值得一提的是，《论语》中所提到的武城，是鲁国武城，即南武城（一说在今山东费县，一说在今山东嘉祥县），并非今天的德州武城。民间往往将历史名人的故事附会到自己的家乡，以提高家乡的知名度。后人便将子游担任武城宰之地，说成是今天的武城了。

2. 重丘之盟

春秋十二诸侯会盟

春秋时期，德州地跨齐晋，为河朔之咽喉，成为诸侯会盟的要津和各国争夺的重地。重丘（故址在今德州陵城区徽王庄镇王解村）不仅是齐国北部重地，也因西临强晋、北靠燕国而成为诸侯的会盟之地。著名的十二国之盟——重丘之盟就发生在这里。

重丘之盟的起因是齐晋争霸。春秋中后期，齐晋两国作为中原地区的两大强国，交替争霸，时战时盟。齐庄公五年（前549），齐国大夫乌馀叛齐降晋，把齐国的廪丘献给晋国，齐晋关系紧张，战争一触即发。在双方交恶之时，齐国发生了内乱，齐庄公六年（前548）五月，大夫崔杼弑杀齐庄公，立庄公异母弟公子杵臼为君，是为齐景公。此时，晋平公以霸主身份派使臣到齐国去迎接已经流亡在外十二年的卫献公。崔杼看出卫献公有复辟的机会，就浑水摸鱼，扣留了他的家小，迫使他承诺复辟后把五鹿（今河南濮阳南）割让给齐国。这引起了晋国的强烈不满，于是晋平公以崔杼弑君为借口，挟持中原诸侯出兵伐齐。晋平公、宋平公、鲁襄公、卫殇公、郑简公、曹武公、莒犁比公、邾悼公、滕成公、杞文公、小邾穆公十一国国君在夷仪（今山东聊城西南）会合，组织联军准备伐齐。

面对气势汹汹的诸侯联军，齐国执政卿崔杼被迫向晋国求和。齐庄公六年（前548）七月，晋、齐、宋、鲁、卫、郑、曹、莒、邾、滕、杞、小邾十二国国君在齐国北部重镇重丘会盟。齐国承认了晋平公的霸主地位，并无条件送归在齐国流亡的卫献公，而晋国也承认了齐景公的合法地位。重丘之盟使紧张的齐晋关系得以缓和，标志着中原诸侯暂时形成均势。

3. 祖龙渡河

秦始皇渡平原津

秦汉时期，黄河纵贯德州，滚滚东流，今德州城东南还有老黄河的故道"黄河涯"。平原津（今德州平原县境内）是黄河下游重要渡口，地理位置十分重要，秦始皇东巡、韩信东进无不在此渡河。围绕着黄河与平原津，曾发生过一系列重大事件。

祖龙渡河说的就是秦始皇东巡在平原津渡黄河这件事。平原津是秦汉时期德州境内黄河的重要渡口，也是这一区域过河的唯一渡口。秦始皇三十七年（前210），秦始皇东巡，归途中在平原津渡河，突患重病，死于沙丘。秦始皇为什么来到平原津，这得从他寻仙访药的经历说起。

传说中渤海有三神山，分别叫蓬莱、方丈、瀛洲，三神山中有仙人及长生不老之药。于是，秦始皇命方士徐福下海求药。同时，自己也数次东巡，寻找仙药。

秦始皇三十六年（前211），出现了两个凶兆，使秦始皇惊恐不已。第一个凶兆是，东郡（今河南濮阳西南）突降陨石，上书七字"始皇帝死而地分"。第二个凶兆是，民间传言"今年祖龙死"。其实，这都是秦始皇焚书坑儒、凶奢残暴，导致百姓怨愤，用各种方式诅咒他。

秦始皇最怕"死"字，这一下子出现了两个"死兆"，他惊惧不安，令太史占卜凶吉。太史不敢说出百姓的怨愤，只得巧言相欺说："游徙吉。"也就是说搬家或到外地巡游，才可避难。于是秦始皇颁下一道诏令，将内地百姓三万家强行迁往北方边郡。同时准备第五次东巡，以消灾避难。

秦始皇三十七年（前210），秦始皇从咸阳出发，开始了最后一次出巡。秦始皇一行出武关，向东南进发，至会稽山，再北上至琅琊，打算再一次寻找长生不老的仙药。这时方士徐福正好从海上归来，秦始皇传问徐福是否求得仙药。徐福出海数年，求药不得，耗资甚巨，害怕受到惩罚，便谎称海上有大鲛鱼作怪来蒙骗秦始皇。秦始皇命徐福带领数百名弓箭手下海，徐福一去不回，据说到了日本。

秦始皇一行也从琅琊入海，至荣成山，并不见什么鲛鱼，再前行至芝罘，总算碰上了一条大鱼，若沉若浮，巨鳞可辨。弓箭手齐立船头，猛射出一阵箭雨，霎时间血水漂流，大鱼受伤而死。秦始皇指大鱼为恶神，将它射杀，但徐福却没了踪影。秦始皇求药不得，只得登陆西还。

由于没有得到仙药，秦始皇一路疑神疑鬼，心情烦躁。"始皇帝死而地分"的陨石和"今年祖龙死"咒语，使他感到恐惧不安。相传秦始皇到达今天的神头镇时，因为讨厌东方的岚气（雾气），而名之为"厌次"，"次"为停驻的意思。秦始皇三十七年（前210）六月间，秦始皇终于到达了黄河渡口平原津。当时正值高温酷暑，加之一路颠簸劳累和长时间精神紧张，秦始皇在平原津一病不起，不省人事。渡河后西行至沙丘（今河北邢台广宗境内），便一命呜呼。

4. 刘备坐平原

刘备与平原的不解之缘

一部《三国演义》，使刘备家喻户晓。众所周知，东汉末年，群雄蜂起，刘备也召集了一支人马，最终成为蜀汉的开创者。刘备是怎么来到平原的呢？

这得从刘备的出身说起。刘备（161—223），字玄德，涿郡涿县（今河北涿州）人，是汉景帝之子中山靖王刘胜的后裔。东汉末年，黄巾起义爆发，天下大乱。乱世出英雄，刘备的机会终于到来。他聚众起兵，涿郡的豪侠张飞、河东解州（今山西运城）的关羽等都投到刘备的麾下。当时幽州校尉邹靖到涿郡出榜募兵，刘备率领关羽、张飞等部众应募从军，先在邹靖帐下，后投奔中郎将公孙瓒，屡立战功。汉献帝初平二年（191），被任命为平原令。

刘备体察百姓疾苦、重视民生。德州平原流传着"巧种罗汉钱""偶植盘龙柳""首善孝行街"等故事，千百年来为平原人民所传诵。

"巧种罗汉钱"说的是刘备引导人民开荒种田的故事。刘备上任之时，正值战乱之后，看到土地荒芜、百姓流离失所，他心里非常难过。为鼓励垦荒，他率先垂范，套上自己的马亲自耕种。一天，忽听犁下一声脆响，刘备俯身一瞧，发现了一枚罗汉钱。刘备心生一计，发出文告称：当年汉武帝曾亲耕于平原，散埋罗汉钱，希望种钱得金。百姓一听，纷纷下地耕田。

刘备命士卒助耕，趁机把钱扔在地里，百姓发现了钱币，信以为真，奔走相告。就这样，男女老少纷纷下地耕田，于是大片的荒地被开垦出来，变成了良田。这是刘备兴农的一个传说。

在今天的平原，有一种柳树叫"盘龙柳"，据说是刘备当年种下的，这就是"偶植盘龙柳"的故事。由于粮食歉收，民不聊生，刘备非常忧虑。刘备问民疾苦，得知百姓已经断炊了。刘备说："用河堤上的苇柳编篓织席，难道不能换钱米吗？"百姓都说不会。于是他亲自教民，通宵达旦。张飞夺过刘备的柳筐扔到河里，结果柳筐见水生根，沿河长满柳树，形如盘龙，千百年来遍布平原河渠堤坝。这种柳树枝干粗短，柳条却细长，七弯八曲，极有韧性。春夏插条栽种，极易成活，柳条最适合用来编织筐篓，百姓亲切地称之为"盘龙柳"。

"首善孝行街"说的是刘备教化百姓的故事。一天，一位老太太在路边啼哭，说她的儿子、儿媳不孝，常常不给饭吃，自己只能忍饥挨饿。刘备见老人衣衫褴褛、面容憔悴，深感同情，命关羽给老人拿米吃的，又让张飞把她背到署衙。老人的儿子听说后，赶忙到衙前请罪。刘备不加责备，老人的儿子便羞愧难当。数日后，刘备才将老人送出。见老人衣衫整洁，面色红润，老人的儿子痛哭悔悟，刘备这才让他把老人背回家。后来，平原孝道大行，衙门前的这条街，世称"孝行街"。

刘备坐平原，四年大治，

汉代平原故城遗址

政通人和，民风淳厚，百姓安居乐业。刘备离平原赴徐州，百姓倾城相送，捧酒奉食，泪洒长亭，至今有"倾城送长亭"之说。

5. 国史之狱

武城崔氏惨遭灭门

东汉末年，武城崔氏逐步崛起。到魏晋南北朝时期，武城崔氏成为名门望族。在曹魏、西晋、北魏等王朝，世代公卿。北魏初年，崔宏、崔浩父子出将入相，封白马公，盛极一时。

崔浩是德州武城（有说河北省故城县）人，北魏三朝重臣崔宏长子。崔浩性情敏锐通达，长于谋划，自比张良，是不可多得的治国人才。崔浩参与了北魏王朝三代帝王的重大军事决策，多谋善断，算无遗策，屡建功勋，在北魏统一中国北方的一系列战争中起了重要作用。北魏太武帝拓跋焘对其非常器重，命其主持朝政，参决机要。在这期间，崔浩推荐和提拔了大批汉族士人参与到北魏政权之中，以他为中心，逐渐形成了一股强大的汉族士族势力。因此，鲜卑贵族对他非常忌恨。

太延五年（439）十二月，太武帝命崔浩以司徒监秘书事，续修国史。太武帝叮嘱他，写国史一定要根据实录。崔浩按照这个要求，采集了魏国上代的资料，编写了一本魏国国史——《国记》。太武帝编修国史，本来是为留给皇室后代看的，不想外传。但是《国记》修毕，参与其事的著作令史闵湛、郄标建议把《国记》刊刻在石碑上，以彰直笔，同时刊刻崔浩所注的《五经》。闵湛、郄标巧言令色，平时谄事崔浩而获得崔浩的欢心。他们的建议被崔浩采纳，太子也表示赞赏。于是，在天坛东三里处，营造了一个《国记》和《五经注》的碑林，方圆130步，用工300万才告完成。由于《国记》秉笔直书，尽述拓跋氏的历史，详备而无所避讳，其中直书了拓跋氏一些不愿示人的早期历史。而石碑树立在通衢大路旁，引起往来行人议论。鲜卑贵族看到后，无不愤怒，先后到太武帝前告状，说这是故意张扬"国恶"，丢鲜卑人的脸。太武帝命令收捕崔浩等人，严加审查。

崔浩被捕后，太武帝亲自审讯，崔浩惶惑不能应对。太平真君十一年（450）六月，太武帝族诛崔浩。当时，清河崔氏无论远近，尽行诛杀，与崔氏有姻亲关系的范阳卢氏、太原郭氏、河东柳氏也遭灭门之祸，史称"国史之狱"。

作为政治、军事谋略家，崔浩参与了北魏王朝三代帝王的重大政治、军事决策，多谋善断，屡建功勋，在北魏创制法度和统一北方的战争中起到了重要作用，深为道武帝、明元帝和太武帝所器重。除了政治和军事上的成就以外，崔浩在天文、历法、饮食、宗教等方面都做出过重要贡献，他研习道家养生之术写成的《食经叙》和比较历代天文历法写成的《五寅元历》，对后世产生了深刻影响。但是，政治斗争历来都是险恶的，崔浩自觉不自觉地充当了鲜卑贵族和汉人士族矛盾的牺牲品。太武帝族诛崔氏，是为了剪除"势倾朝野"的汉族世家，以维护鲜卑贵族的政治利益，"国史之狱"只不过是一个借口罢了。

6. 啸聚高鸡泊

窦建德反隋起义

高鸡泊（今德州武城四女寺大洼）原是方圆数十里的大水泊，芦苇密布。隋末窦建德起义就是从这里开始的。

窦建德（573—621），隋贝州漳南县（今武城漳南镇）人。世代务农，身材魁伟、尚气任侠，为乡里敬重，因而被任命为里长。古代百家为里，里长即为百户长。窦建德勇武过人。一天夜里，几个盗贼去窦建德家抢劫，他躲在门边，待盗贼进屋后，先后打死三人，其余的盗贼吓得不敢再进。盗贼只好请求将三人的尸首取回，窦建德说："把绳子扔进来，把你们的同伙拖出去。"于是盗贼将绳索投进屋里，窦建德把绳子系在自己身上，待盗贼拉出，窦建德随即持刀跃起，再杀数人。从此，远近的盗贼都不敢再入漳南一步，窦建德威名远扬。窦建德还非常重义。一次本乡有一人家丧亲，家贫无法安葬。当时窦建德正在田里耕地，听说后，深表同情，便将自家的耕牛给了这家人，让其卖钱发丧。窦建德慷慨侠义之名远播四方。

隋朝大业七年（611），隋炀帝征兵攻打高丽，徭役繁重，民不聊生，百姓怨声载道。再加上水涝灾害，百姓已无法生活，纷纷揭竿而起。窦建德以高鸡泊为基地，起兵反隋。

隋将郭绚率兵万余人扫荡高鸡泊，窦建德亲率精兵七千人抵抗郭绚。郭绚派人假意劝降，企图诱捕义军首领。窦建德将计就计，发起突然袭击，大破郭绚军队，杀敌数千人，获战马千余匹，郭绚被杀。自此，起义军兵威大振。

郭绚兵败后，隋炀帝又派大将杨义臣率兵前来围剿起义军。杨义臣是隋末名将，曾跟随隋炀帝西征吐谷浑，北伐突厥，东征高丽，久经沙场。他率兵首先镇压了当时鲁西北最大的一支义军张金称部，擒杀了义军首领张金称。然后挥师北上，直捣高鸡泊。窦建德见隋军士气正盛，来了个金蝉脱壳，夜间率部向北转移。杨义臣进入高鸡泊，只见一座空营，以为义军已经各自逃散，便回朝复命。杨义臣退军之际，窦建德杀回漳南，重振军威。窦建德注重礼贤下士、抚众安民，所过郡县秋毫不犯，平原郡、清河郡诸县纷纷归服。窦建德起义军很快发展到十余万人，成为华北最大的一支反隋势力。

隋左御卫大将军涿郡留守薛世雄，纠集了北方各路人马，准备合击窦建德。窦建德主动后撤，以麻痹敌人，薛世雄放松了警惕。窦建德擒贼先擒王，突然回军，率骑兵星夜奔袭薛世雄军营，突然发起冲锋。薛世雄士卒大乱，纷纷离帐逃命，自相践踏，不可收拾。薛世雄率亲兵数十骑逃走，余者全部投降。大业十四年（618），禁军头目宇文化及在江都杀死隋炀帝，隋朝灭亡。同年，窦建德改国号为夏，自称夏王。

当时，窦建德与割据洛阳的王世充、占据关中的唐朝形成鼎立之势。唐高祖李渊为统一天下，于武德三年（620）七月命秦王李世民率军东征王世充，王世充向窦建德求援。窦建德亲率十余万大军，号称三十万西援洛阳。双方在虎牢关决战，由于窦建德轻敌，被唐军所败，窦建德中槊受伤被俘。武德四年（621）七月，在长安就义。

窦建德死后，百姓为他修建了夏王庙，他的家乡武城县漳南镇至今仍有窦建德点将台遗址。一千多年来，其事迹在德州地区广为流传。

7. 书生点兵

颜真卿奋戈平原郡

"书生点兵"说的是颜真卿据守平原郡(今德州市陵城区)，抗击安史之乱的故事。

唐玄宗天宝十四年（755），安禄山趁唐朝内部空虚腐败，在范阳起兵反叛，安史之乱爆发。安禄山率十五万大军迅猛南下，势如破竹，华北郡县望风瓦解。一时间，黄河以北二十四郡中有二十三郡太守或逃或降，只有平原郡太守颜真卿奋戈而起，殊死抵抗，成为唐朝抗击叛军的中坚力量。

颜真卿（709—784），字清臣，出身琅琊（今山东临沂）颜氏，唐玄宗开元二十二年（734）进士，历任监察御史、殿中侍御史。因不畏权贵、刚直不阿，遭到权臣杨国忠排挤，被贬为平原太守，世称"颜平原"。

安禄山发动叛乱前为平卢、范阳、河东三镇节度使，兼河北道采访使，平原郡归其管辖。颜真卿于天宝十二年（753）出任平原太守后，察知安禄山企图发动叛乱，便以阴雨不断为名，修城浚池，招募丁壮，治械储粮，做抗击的准备。又经常邀集文士，泛舟苑池，饮酒赋诗，以消除禄山的怀疑。安禄山派人侦知其所为，以为颜真卿乃一介书生，不足为虑。颜真卿的传世书法名作《东方朔画赞碑》，就是这一时期留下的，遒劲豪迈的笔法，透露出颜真卿的大智大勇和忠骨正气。

安、史发动叛乱后，很快占领了河北一带大部分郡县，安禄山命颜真卿统平原、博平（今山东聊城市茌平区博平镇）二郡，屯兵七千人防守河津，以博平太守张献直为其副将。颜真卿不为所动，奋戈而起。一面组织抗击叛军，一面派司兵参军李平快马奔赴长安奏报安禄山反情。在此之前，唐玄宗听说河北郡县皆望风而降，说道："河北二十四个郡，难道连一个忠臣也没有吗？"李平至长安禀明情况后，玄宗大喜，对臣下说："想不到一介书生竟如此忠勇！"

颜真卿迅速招募士兵万余人，以录事参军李择交为统兵官，以刁万岁、和琳、徐浩、马相如、高抗朗等为将，于郡城西门誓师杀敌，慷慨泣下，壮士无不感奋。安禄山攻陷洛阳，杀留守李憕、御史中丞卢奕、判官蒋清。为震慑河北诸郡，安禄山命降将段子光为叛军使节，携三人之首传示河北。段子光至平原后，颜真卿恐其动摇人心，对诸将谎称："我认识李憕等三人，段子光所携首级都是假的。"他毅然将段子光处死，又设位祭奠三人，由此平原军民慷慨激昂，誓死抗击叛军。

颜真卿派外甥卢逖前往常山郡（今河北石家庄附近），约其堂兄、常山太守颜杲卿联合抗击叛军。河北郡县纷纷响应，合兵二十余万，共推颜真卿为盟主，济南太守李随也起兵响应。一时间，在颜真卿的领导下，大河上下局势一振。唐玄宗加封颜真卿为户部侍郎、河北招讨使，统一号令河北诸郡县抗击叛军。

至德元年（756）初，唐将李光弼率大军东出井陉至河北。颜真颜为配合李光弼作战，联合三郡兵马，遣其大将李择交，副将范东馥、和琳、徐浩等率兵西进，攻打魏郡（今河南安阳），叛将魏郡太守袁知泰派军迎战。两军对垒，颜家军气如猛虎，势不可挡，杀敌万余人，俘虏千余人，得马千匹，军资甚众。并乘胜追击，攻克魏郡，军威大振。北海郡（今山东青州）太守贺兰进明也起兵抵抗叛军，颜真卿与之联合。贺兰进明率兵渡过黄河，颜真卿亲自迎接，二人相揖，哭于马上，将卒为之感泣。贺兰进明屯兵平原城南，厉兵秣马，不久率军北上，攻克信都郡（今河北衡水市冀州区）。与此同时，郭子仪与李光弼率领的唐军，也在河北战场上节节胜利。

正当颜真卿准备进兵收复河北之时，潼关与长安相继陷落，唐玄宗逃往成都，唐肃宗即位灵武（今宁夏灵武），郭子仪与李光弼不得不率军西向勤王。安禄山趁机命史思明、尹子奇率大军围剿河北。由于唐军主力西撤，河北大部分郡县又陷于叛军之手，饶阳、景城等郡相继失陷。

史思明进攻常山，常山城内兵力空虚，颜杲卿不顾年事已高，亲自登城昼夜督战。史思明久攻不下，把颜杲卿的儿子颜季明、颜真卿的外甥卢逖押到阵前说："如果弃城投降，可饶他们一命！"颜杲卿强忍悲痛，断然拒绝。史思明大为恼火，便把二人一并杀害。颜真卿闻讯悲愤交加，挥泪写下了

颜鲁公督造绊马石

荡气回肠的绝世名篇《祭侄文稿》。

　　常山失陷后，叛军全力攻打平原，平原城被重重围住。危难之际，颜真卿不顾将士劝说，毅然派自己的独生子颜颇跨海前往渔阳（今天津蓟州区），联络平卢守将刘正臣，请他在敌后起兵，夹击叛军。众将苦劝，颜真卿不从。他的义举极大地感召了城中百姓，他们坚守城池，决心与平原城共存亡。在极其艰难的情势下，颜真卿坚守平原孤城近一年，有力地牵制了叛军。后来颜真卿率部渡河西进，配合郭子仪收复长安。安史之乱平定后，颜真卿受封鲁郡公，人称"颜鲁公"。颜真卿在国家危难之时奋戈而起，实为中流砥柱，千古忠烈，世代传颂。

8. 朱棣御封"恩泉井"

靖难之役燕军占领德州城

　　德州古城南有一眼井，名叫"恩泉井"，据说是明成祖朱棣钦封。朱棣是因何来的德州呢？这得从"燕王扫北"说起。

　　洪武三十一年（1398），朱元璋去世，皇太孙朱允炆即帝位（太子朱标早亡），是为建文帝。建文帝采纳了大臣齐泰、黄子澄的建议，实行"削藩"，逐步削夺诸藩王之权。建文元年（1399），坐镇北平的燕王朱棣便以"清君侧"为名，在北平起兵，号"靖难军"，长达四年之久的靖难之役由此爆发，民间称这场战争为"燕王扫北"。燕王率军南下，直逼德州城。

　　当时，德州不仅是水陆交通要道，战略位置非常重要，而且还储存着百万余石粮食，因而成为燕军夺取的重要目标。建文帝任曹国公李文忠之子、驸马爷李景隆为大将军，李景隆驰至德州，雄心勃勃，大会诸将，决定大举进攻，直捣北平。

李景隆本是纨绔子弟，素不知兵，且刚愎自用。他调集各路军马，共计五十万，自德州北上，进抵河涧。李景隆求胜心切，统兵冒进。朱棣诱敌深入，在北平城下大败南军。李景隆趁夜率先逃跑，退至德州。

李景隆逃回德州后，如惊弓之鸟，不知所措。德州守将韩观建议在城北筑垒，加强德州防御，确保德州官仓的安全。李景隆采纳了韩观的建议，征调民夫与守城士卒数万，在德州城北掘土筑城，先后筑起十余座土城：鲍家营、王家营、夏家营、肖家营、顾家营、何家营、瞿家营、白贺营、钱家营、哨马营、边家营、陈家营，后统称"十二连城"。

十二连城建成后，李景隆分兵驻守，以为德州城固若金汤，进可攻，退可守。建文二年（1400），李景隆会集六十万大军，号称百万，在德州誓师，大举北伐，进抵白沟河。双方在白沟河鏖战，南军势众，但政令不一，燕军利用有利时机，力挫南军主力。南军兵败如山倒，李景隆再次退走德州，燕军穷追不舍，兵临德州城下。德州城北有十二连城拱卫，易守难攻，但李景隆早已成惊弓之鸟，惶惶不可终日，无心恋战。燕军突破十二连城，直抵德州城下，李景隆弃城而逃，奔向济南。德州失守，燕军获德州仓储官粮百余万石，实力大增。

传说，燕王朱棣攻克德州后，天气大旱，士卒口渴难忍。终于在城南发现了一口水井，井水甜甘清冽，而且取之不尽，可供数万人马饮用。燕王赞叹之余，树碑题名"恩泉井"。乾隆二十一年（1756），山东巡抚爱必达在此为乾隆修建了一座行宫，取"恩泉"之名，叫做"恩泉行宫"。

9. 康熙巡河

一次半途而归的南巡

康熙四十一年（1702）九月，康熙帝偕皇太子胤礽、皇四子胤禛、皇十三子胤祥等南下，准备巡视黄河工地。十月初四驻跸德州，可是，这一住就是十八天。十月廿一，康熙帝才起驾回京，本次南巡也被取消。其间到底发生了什么呢？

原来是随行的皇太子胤礽突患急症，康熙帝不得不取消南巡，滞留德州守护太子，以示父慈子孝。

《清圣祖实录》卷二一〇记载，九月初四，即到达德州的第一天，康熙一行住在城内。不料，当晚皇太子胤礽突然患病。因城内嘈杂，不宜静养，康熙第二天便移驾城外的德州行宫。这里所指的行宫是城西的水馆驿，即安德水驿。因为康熙六次南巡，多次驻跸于此，所以称之为行宫。这与乾隆二十一年（1756）在德州城南所建的行宫不是一地。

太子患病，康熙帝忧心忡忡，无心继续南行，便在德州住了下来。康熙一面令太医精心诊治，一面急召大学士索额图赶赴德州侍奉太子。索额图为皇太子生母孝诚仁皇后的叔父，太子与索额图关系密切，这也是康熙召索额图来德州侍奉太子的原因。

几天后，太子渐渐好转，康熙帝的心情也随之舒畅。他利用闲暇时间，与随行诸皇子及众臣举行了"一文一武"两场活动。这"一文"是书法观摩，"一武"是校场练兵。

　　首先是书法观摩。康熙先令翰林学士陈元龙、揆叙、宋大业等人开笔书写。群臣各显所能，当场挥毫，各写一幅，康熙帝一一点评，并传授自己苦练书法的心得："习书没有捷径，唯有苦练。临摹古人书帖，要注重细节，用笔快慢、轻重、疏密、缓急，各有章法体势，须精心揣摩，才能得其精髓。宫中的古法书帖很多，其中唐代李邕的《华法寺碑》，字极大，最难临摹，朕不辞辛劳，临摹成功而后快。学书法永无止境，需持之以恒，多年来，朕从未间断练习。"最后，应群臣所请，康熙挥毫泼墨，写了一幅大字联，笔走龙蛇，字迹苍劲而洒脱，众人无不叹服。康熙又令内侍引领诸臣到行宫左厢，欣赏点评皇四子胤禛、皇十三子胤祥的书联。至此，君臣书法观摩活动才告结束。

　　其次是校场练兵。十月十三，康熙饶有兴趣地率诸皇子及侍卫来到德州满洲驻防营的校军场比武练兵。满洲驻防营即八旗驻防营，顺治二年（1645）设置。由于德州扼运河之要冲，不仅是交通枢纽，而且是官仓重地，所以除汉军绿营兵外，还特设八旗营，强化防守。康熙三年（1664）与康熙八年（1669）又先后增扩八旗营，所以德州八旗营是运河沿线清军重要的驻防基地。比武开始，八旗驻防营诸将校个个精神抖擞，在校军场演练骑马射箭。诸皇子也争先恐后，纷纷下场比武。康熙龙颜大悦，披挂上阵，亲自演示箭法。康熙拈弓搭箭，连发五箭，箭箭命中把心，左右高呼万岁。

十月廿一，皇太子胤礽的病大有好转。康熙便下旨说："朕驻跸德州，为时已久。今即刻起驾回京，明年再阅视河工。"于是康熙车驾返京，取消南巡，半途而归。

10. 皇后投河

富察皇后命殒御码头

皇后投河与乾隆南巡有关。乾隆帝先后六次南巡江南，五次东巡泰山、曲阜，除第一次南巡外，来回共二十次驻跸德州，说来也是德州的常客了。

皇后投河是乾隆皇帝第一次停泊德州时发生的事。乾隆十三年（1748）二月初，乾隆帝携皇太后、皇后东巡泰山。同年三月，车驾回返。三月十一，行至德州，乾隆一行便弃轿登舟，御舟停靠在御码头（今德州码头遗址），准备次日乘船沿运河回京。不料，当晚随行的皇后富察氏突然死在船中。

关于皇后的死因，正史没有只言片语的记载，《清高宗实录》中也只记了这么一句："驾至德州登舟。亥刻，皇后崩。"这里只有两点信息，第一，皇后去世的地点位于停泊在德州的船上。第二，皇后死的时间是晚上亥时，相当于现在晚上十点左右。死因没有记载，很可能有难言之隐，故意回避。但民间的传说很多，最流行的说法是：当晚，乾隆皇帝兴致大发，在御舟上欢宴玩乐，富察皇后出来劝阻，乾隆非但不听，还醉醺醺地当众打了皇后。皇后富察氏出身镶黄旗贵族世家，知书达礼，恭俭贤惠，十六岁就嫁给弘历，二人本是结发夫妻，感情甚好。但富察皇后是个烈性子，作为母仪天下的一国皇后，当众被打，羞愧难当，竟一头扎进了冰冷的运河中。众人一见，惊慌失措，乾隆一惊，酒也醒了，赶紧命护卫随从救人。当皇后被七手八脚救起时，早已断气。乾隆悔恨交加，悲痛万分。第二天，他亲自扶柩回京，追封富察皇后为孝贤纯皇后。之后四十多年的时间里，乾隆对她念念不忘，写诗作赋，寄托哀思。

之后，乾隆多次驻跸德州。乾隆二十一年（1756）二月，乾隆一行东巡祭孔，二月廿四，驻跸德州大营。乾隆饶有兴趣地游历了德州名胜——董子读书台。他登临此台，缅怀先贤，欣然命笔，题写《繁露台》一诗。乾隆二十二年（1757）正月，开始第二次南巡，正月十九到达德州，第一次驻跸德州行宫。因为德州是皇帝南巡进入山东的第一站，山东巡抚爱必达在德州城南、御码头以东为乾隆兴建了一座行宫。乾隆二十一年（1756），行宫落成，宫殿气势宏伟，园林造景别致。出乎山东巡抚爱必达的意料，乾隆看到行宫过于奢华，深为不满，写下了《德州行宫示山东大小吏》一诗，批评地方官吏先斩后奏、耗费资财的行为，警示各地官员以此为戒，下不为例。但爱必达并没有因此被贬，不久反而高升。批评过后，乾隆皇帝也心安理得地住进了行宫。以后历次南巡，乾隆来回都住在德州行宫。如乾隆三十年（1765）正月，乾隆帝起銮出京，开始第四次南巡。正月二十九，驻跸德州行宫，还特意召见了告老还乡的原两淮盐运使卢见曾，亲书"德水耆英"匾额赐之。

11. 德州教案

德州人民的反教会斗争

第二次鸦片战争后，西方教会一度充当了帝国主义殖民侵略的急先锋。教会势力的恶性发展和累累暴行，激起了中国人民的不满与反抗。

光绪三年（1877），美国基督教传教士博恒理和明恩溥在恩县庞庄设点传教，教会势力开始渗入德州。光绪六年（1880）冬，德州城南第七屯寡妇吴夏氏，曾得到过传教士的"救济"，博恒理勾结教徒吴长泰（吴夏氏之夫弟）骗她立下字据，将其宅地捐献给教会建礼拜堂。这件事引起了乡民们的强烈不满。

第二年，浙江香水人陈嗣良任德州知州。这年九月，陈嗣良命博恒理将所立文书抄送备案，经过反复审阅，感到其中有诈，拒绝为其文约盖印，并将文约中的将宅地"捐输给耶稣教公理会"改为"捐输给七屯官义学"。博恒理将此事禀告美国驻京公使参赞何天爵。何天爵照会清政府，希望按原文约盖印，并要求德州不得干涉传教士的活动。十二月，博恒理面见知州，要求仍按原文约盖印。陈嗣良以"天子守土，尺寸不轻与人"予以驳斥。

光绪八年（1882）二月，何天爵派一领事同一翻译来德州交涉，又被驳回。正当二人怏怏走出衙门时，被数百民众包围斥逐。三月下旬，二人路过德州，再次受到民众围攻。面对美国人的蛮横无理，陈嗣良始终以礼相待，并在其受到围攻时派人救护、解围。但美国领事返京后，却颠倒黑白，诬陷陈嗣良教唆乡民欺凌辱骂美国领事。何天爵则据此接连照会恭亲王奕䜣，逼其撤换陈嗣良。清政府迫于压力，只得将陈嗣良革职。这就是德州教案。

德州教案虽以清政府的软弱退让宣告结束，但陈嗣良以其刚正、坚贞的民族气节赢得了人民的爱戴。德州各界赠匾、万民伞以示敬仰。德州人民的斗争也使帝国主义传教士产生了畏惧心理，此后三十年不敢染指德州。

12. 平原首义

朱红灯义和团起义

19 世纪末，中国大地上爆发了震撼世界的义和团运动。这是一次以农民为主体的反帝爱国运动。这一运动首先从山东发起，而德州又是山东义和团运动的爆发地之一。

义和团以义和拳为基础，在群众性的反教会斗争中逐渐发展壮大。义和拳最初是乾嘉时期一个以民间秘密教门、拳会为核心的反清组织，在德州蓬勃发展。1899 年，以朱红灯、心诚和尚为首的义和拳义众在平原起义，率先擎起了反帝斗争的大旗。

事件起因是拳民与教民的冲突。光绪二十五年（1899）八月，平原县杠子李庄拳民首领李长水、杨传文等与教民李金榜发生冲突。李金榜向县衙呈控，平原县县令蒋楷派人逮捕了拳民六人。李长水向鲁西北义和拳首领朱红灯求援，朱红灯立刻率高唐、荏平、长清等州县的拳民二三百人，开赴平原县杠子李庄。平原、恩县拳民千余人自带武器干粮，往杠子李庄集中。拳民教训了李金榜，冲击了当地的教堂。

平原县县令蒋楷率人到杠子李庄搜捕拳民，朱红灯指挥拳民奋起反击，竖起了"天下义和拳兴清灭洋"的旗帜。

蒋楷向山东巡抚毓贤求援，毓贤派兵前往平原镇压。朱红灯率队前往平原城南森罗殿抗击清军，双方激战数小时，各有伤亡。清政府援军赶到后，朱红灯率众转移。森罗殿之战，朱红灯曾一度击败清军，使鲁西北义和团声威大振，加强了荏平、高唐、平原、恩县等地义和团的联系。战后，朱红灯与禹城义和团首领心诚和尚在禹城丁家寺会合，开展"反教灭洋"斗争。

朱红灯与心诚和尚率义和团攻打禹城苗家林庄教堂，放火烧了教堂。然后又向荏平进发，攻打荏平张官屯教堂，并将平日欺压乡里的教徒王观杰杀头示众。接着，攻打并焚烧了荏平地区的总教堂——大张庄教堂。

义和团的反洋教斗争，点燃了鲁西北大地上的反帝之火，这不仅使帝国主义侵略者感到万分惊慌，也吓坏了媚外的清政府。清政府下令捉拿朱红灯、心诚和尚等义和团首领。不久，朱红灯和心诚和尚分别在博平花园寺和高唐后杨庄被清军逮捕，二人在济南同时被害。

德州义和团运动虽被镇压，但在其影响下，义和团运动在大河上下、长江南北迅速发展起来，掀起了反帝爱国运动的高潮。

13. 德州城保卫战

四八五团血战日寇

1937年7月7日，震惊中外的卢沟桥事变爆发，日本悍然发动了全面侵华战争，迅速占领了北平、天津。为进一步扩大战争，日本军部紧急征调五个师团的兵力，大规模增兵华北，组成华北方面军，集四十万日军主力，兵分四路大举南侵。以矶谷师团为先锋的第二集团军，沿津浦铁路南犯，9月24日占领沧县，兵锋直指德州，形势十分严峻。

国民党第三集团军八十一师奉命驰援德州，危急的形势暂时得以缓解。到达德州后，师长展书堂立即率军在城北长庄构筑防御工事，加固城防设施。八十一师二四三旅旅长运其昌向展书堂建议，利用日军先头部队孤军深入、立脚未稳之机，发起突然反攻，打他一个措手不及，展书堂大加赞同。于是，以运其昌二四三旅四八六团为核心，选出五百人组成敢死队，由运其昌带领，奔袭桑园的日军装甲车队。敢死队在夜色的掩护下向日军发起突然袭击，展书堂率主力跟进，全力进攻桑园日军，日军前锋受挫，损失惨重。展书堂准备乘胜进军，其上司韩复榘却电令切勿冒进，立即退守德州，驻防待命。展书堂只得退回德州，准备固守于此。韩复榘认为德州无险可守，难以阻击日军。所以他以加强黄河防线为由，命驻防德州的八十一师主力南撤，仅留八十一师二四三旅四八五团两个步兵营、两个迫击炮连，在德州城北的北厂、长庄一带设防断后，掩护主力后撤。德县县长李树德及其他官员也携家眷随撤退的大军南逃。二四三旅旅长运其昌亲率四八五团将士阻击日军。

四八五团虽孤军奋战，但异常顽强。1937年9月30日，日军对德州发起猛攻。日军先后出动飞机八架次，轮番轰炸北门、小西门和火车站，并用密集的炮火轰击四八五团的防御阵地。运其昌率四八五团官兵奋起反击，凭借城北的坚固工事，将日军阻击在北厂、长庄一线，日军数次冲锋都被击退，双方激战三昼夜。由于缺乏重武器和后方炮火支援，四八五团将士伤亡惨重，但他们坚守阵地，一步未退，成功阻挡住了日军的疯狂进攻。

一贯嚣张的矶谷师团被阻击在德州城下，使师团指挥官大为恼火。日军不得不改变战术，正面进攻，两翼夹击。四八五团兵力有限，无法分兵阻击，因而有被日军分割包围的危险。运其昌不得不命令部队转移至城内，利用城防继续阻击日军。

经过三天的激烈战斗，全团大量减员，很难守住孤城，但四八五团将士誓与德州共存亡。旅长运其昌、团长张德允指挥军队以城墙为屏障，顽强阻击。迫击炮连将炮架在城上轰击城下日军，机枪手在城楼上居高临下地向日军猛烈扫射。四八五团官兵同仇敌忾，将日军压在城下，日军伤亡惨重。

日军轰炸小西门

日军拥有绝对的火力优势，他们在长庄、前后园一带的重炮阵地集中火力轰击北城，城下的日军装甲车则对准城墙西北段集中火力发射炮弹数百发。10月3日凌晨，小西门被炸开，日军蜂拥而上，在这紧要关头，李营长率敢死队堵住小西门，同敌人展开肉搏战。一连连长赤膊上阵，挥舞大刀带头冲杀，砍杀日军多人，最后身中数枪，壮烈殉国。在城墙的西北段，日军以猛烈的炮火轰开了一个缺口，在坦克的掩护下，日军从缺口处突入城内，团长张德允率一营阻击日军，击毁日军坦克，将日军压制在城北，战况异常惨烈，团长张德允壮烈殉国。日军加强攻势，城墙西北、东北角多处被炸毁，大批日军从缺口处突入城内，四八五团将士与敌展开激烈的巷战。他们坚守一街一巷、一房一院，血战到底，使日军遭受重创。10月3日拂晓，四八五团将士几乎全部壮烈殉国，日军占领德州城。

四八五团的英勇抗争在德州历史上写下了光辉的篇章。国民党八十一师二四三旅四八五团守军在前有强敌、后无援兵的情况下，以一团之众抗击数倍于己的敌人，孤军奋战数昼夜，最后几乎全团殉国。他们不仅有效地牵制了日军主力，阻止其南侵，同时展示了军人在国家危亡的紧急关头保家卫国、慷慨赴死的英雄气概，这是德州抗战史上可歌可泣的一页。

（三）红色足迹

1. 李家东屋的入党宣誓
鲁西北第一个农村党支部成立

1924 年，由齐河籍党员贾乃甫创建的后里仁庄中共党支部，是目前所知鲁西北地区最早的农村党支部。

贾乃甫（1900—1964），字石亭，德州齐河县安头乡后里仁庄人。1920 年，他考入济南省立商业专门学校。期间，他参加了王尽美、邓恩铭等领导的"励新学会"和马克思学说研究会。1922 年，经王尽美介绍，贾乃甫加入社会主义青年团，随即转为中国共产党党员，任济南地方团宣传部主任。1923年 8 月，出席中国社会主义青年团第二次全国代表大会，同年10 月，任济南团地委委员长。贾乃甫经常借回乡探亲的机会，宣传中国共产党的政治主张。

1924 年春天，贾乃甫返回齐河发展党员，在后里仁庄李茂善家的小东屋里发展了贾乃俄、曹清年入党，秘密举行入党仪式。还成立了后里仁庄党支部，贾乃甫为支部负责人。后里仁庄党支部直属中共济南地方执行委员会领导。

后里仁庄党支部成立后，领导当地人民开展了反"讨赤捐"活动，向人民宣传反剥削、反压迫的革命思想，号召农民不给反动军阀纳税交粮。他们将反"讨赤捐"的传单贴在禹城县政府的大堂上，地方政府最终迫于压力，不得不缓征捐税，中共党组织在地方上的影响随之扩大。

后里仁庄党支部还团结了一部分进步青年，开展了反封建、破除迷信的活动。他们号召妇女放足、男人剪掉辫子，还组织人员到周围村庄拆庙或把神庙改为学堂。这些活动在当地引起了很大震动，也受到上级党组织的表扬。

1927年，随着第一次国共合作破裂，国民党反动派大肆捕杀共产党人，中共山东省委和一些地方党组织连遭破坏，贾乃甫在济南被捕入狱，后里仁庄党支部与上级失去联系，停止了革命活动。

后里仁庄党支部被称为"鲁西北第一个党支部"，也是山东省建立最早的农村党支部之一。尽管存在的时间不长，但它的活动却使当地人民群众受到了一次革命思想的启蒙教育，为鲁北人民的觉醒播下了革命的火种。

2. 马颊河暴动

农民反抗国民党苛捐杂税

1934年春，中共津南特委和庆云县委领导庆云县马颊河农民进行了抗暴政、罢河工斗争。

马颊河发源于河南省北部，经聊城、夏津、临邑、庆云、无棣等县市流入渤海，是山东省的一条大河。1934年，国民党山东省政府下令疏通马颊河河道，并向庆云拨治河经费三万元。但是，以庆云县县长傅奎升和县保安队队长胡振国为首的贪官污吏，不顾人民死活，竟将治河款据为己有，反过来再向农民勒索治河经费。春节刚过，傅奎升便发出布告：奉省令，疏通马颊河河道，所需费用就地筹措，每亩加捐一元。百姓自带给养出工修河，限期完成，违者严惩。布告发出后，老百姓怨声载道，叫苦连天。时值春季，正是青黄不接的时候，老百姓面临着断炊断粮，无钱交捐，加之沿河百姓心痛河滩上的大片麦苗被毁，使得治河工程一天天拖下去。

3月底，傅奎升、胡振国见仍未动工，就接连派出军警下乡催逼，见到在地里干活的农民就撵去出河工，不去就用皮鞭抽打。暴政面前，有些村庄的群众被逼上工，但大多数群众依然拒不上工。这时，以区委书记胡林晓为首的共产党员挺身而出，他们秘密发动群众，很快成立了由十几个村庄的群众参加的罢河工后援会。同时，他们向津南特委负责人刘格平和庆云县委书记胡恒熙汇报了群众的要求和呼声。

4月15日夜，庆云县委在西安务村召开扩大会议，决定支持并领导全县人民进行罢河工、抗暴政的斗争。同时决定利用4月18日北村庙会的最后·天召开群众大会，揭露反动政府利用修河敲诈勒索的罪行。为了动员全县人民都来参加大会，会议还决定以传递鸡毛信的方式，一传十，十传百，将县委的决定迅速告知全县人民。

会后，鸡毛信迅速向全县传开，国民党当局惊恐万状。4月18日凌晨，军警逮捕了胡恒熙和城南区委书记张笃骘。国民党当局还派出一百多名军警包围了北村庙会会场。形势十分危急，刘格平不顾个人安危，赶来亲自指挥。他首先安排了反包围措施，布置骨干分子每三至五人包围一个军警，然后从容不迫地走上戏台，慷慨陈词，揭露反动政府贪污治河款项、催工逼捐、无理抓人等罪行，并警告国民党当局应立即停止挖河，释放被捕人员。胡振国见势头不妙，带领爪牙狼狈地逃回了县城。

军警走后，群众情绪愈加高涨。刘格平等因势利导，决定立即带领群众到县城请愿，让傅奎升放人。刘格平、胡林晓走在前头，跟在他们身后的是数百名共产党员和数千名群众。沿途群众敲锣打鼓，送茶送水，且不断有人加入请愿队伍。到达城外时，已有两万多人。

庆云县城门紧闭，胡振国早已派人上城据守。请愿队伍用檩梁撞开城门，人群像潮水般涌进县城，直奔县衙，把县府团团包围起来。请愿群众提出：第一，马上释放胡恒熙、张笃骞；第二，停止挖河；第三，清算治河款项，免除苛捐杂税。迫于群众的巨大压力，国民党当局不得不当场释放了胡、张二人，接受了群众提出的所有条件，并立字据，签名画押。

4月19日上午，胡恒熙等组织群众在板营镇皇五桥村开会。会后，胡恒熙带领游行群众开赴马颊河工地。游行队伍士气高昂，一路上，口号声此起彼伏。队伍到达工地后，治河民工停止挖河，拆毁工棚，纷纷加入其中。队伍长达四五里，人数超过三万人。至此，马颊河全线实现了总罢工。

庆云县国民党当局表面上虽然答应了群众的要求，暗地里却密谋策划，准备对革命群众进行反扑。他们向国民党河北省主席于学忠求援，请求派兵前来镇压。于学忠急忙调来一个骑兵连，协同庆云县军警镇压罢河工运动。4月20日，刘格平等人在严务村召开群众大会，突然遭到反动军警的镇压，刘格平、胡恒熙等八名共产党员和九名群众相继被捕。一时间，白色恐怖笼罩着庆云城乡，党组织遭到严重破坏，革命暂时处于低潮。

马颊河农民罢河工、抗暴政的斗争虽然被镇压了，但却充分显示了党领导下人民群众的伟大力量，沉重打击了国民党反动派的嚣张气焰，在鲁北大地上产生了极其深远的影响，为党后来开展各项革命斗争奠定了坚实的思想基础和群众基础。

3."娃娃司令"

肖华挺进冀鲁边区

"娃娃司令"，说的是抗战时期在冀鲁边区指挥抗日的肖华将军。

1938年夏，根据中央军委和八路军总部的部署，以八路军一一五师三四三旅政治部、教导队、警卫营各一部，组成八路军东进抗日挺进纵队。年仅二十二岁的一一五师政治部副主任兼三四三旅政委肖华，任八路军东进抗日挺进纵队司令员兼政委。1938年7月中旬，肖华率领东进抗日挺进纵队从山西出发，晓行夜宿，渡过汾河，穿过同蒲路，横跨太行山，越过津浦线，深入敌后的冀鲁平原，于1938年9月27日抵达山东乐陵县城。乐陵县县长牟宜之没想到肖华如此年轻，说他还是个"娃娃",从此,八路军"娃娃司令"的名字便在冀鲁边区不胫而走。1938年10月,冀鲁边区八路军主力部队整编后,为加强冀鲁边区党政军统一领导,成立边区军政委员会,肖华任书记。

1938年10月至1939年3月,肖华领导冀鲁边区根据地抗日军民取得了三次反"扫荡"的胜利。第一、二次反"扫荡"中,纵队先后在宁津城东的孔家坊、东光城东的明灯寺、盐山城南的韩家集等地,毙伤日军四百余人;在第三次反"扫荡"中,纵队主动放弃了乐陵城,以避实击虚的战术,长途奔袭陵县之敌,全歼守城日伪军一千余人。肖华为冀鲁边区机关报《烽火报》撰文,总结冀鲁边区1939年的战果:大战1771次,击毙日军1923人,伪军3845人,俘虏1368人,破袭铁路18次,运走铁轨91条,击毁日伪军车12辆,破敌电话线366里,缴获各类枪械2500余支,汽车、电台、衣粮等军用物资一大批。人民军队牺牲官兵607人,伤746人。

《大众日报》报道肖华事迹

肖华从民族大局出发,与国民党乐陵县县长、爱国进步人士牟宜之结为兄弟,一时传为佳话。肖华还主动邀请国民党山东省主席兼山东省保安司令沈鸿烈来乐陵视察,动之以情、晓之以理,以抗战大局为重,避免造成摩擦。同时,联合德平一带的国民党保安第五旅旅长曹振东，准许其部属到乐陵军政学校学习。争取国民党刘景良、曹振东、高树勋等部，建立了广泛的抗日民族统一战线。这位"娃娃司令"，为冀鲁边区抗日根据地的建立、巩固与发展，做出了杰出的贡献。

4. 赶爱女讨饭
马振华烈士高风亮节

"赶妻儿讨饭"，说的是抗战时期，冀鲁边区领导人马振华烈士舍家为公的故事。

马振华，曾化名李之如、李泽民，1905年出生于河北盐山县。1922年，他在本村创办贫民小学、民众夜校，深受贫苦农民拥护。1932年10月，加入中国共产党。

七七事变后，华北各地相继沦陷。马振华不避危难，奔走劳顿，发起成立华北民众抗日救国总会，并在此基础上创建华北民众抗日救国军。11月中旬，马振华任中共冀鲁边区组织委员，同时任华北民众抗日救国会会长、救国军政治部主任。为加强党对部队的领导，马振华狠抓整顿工作，在各团设立政治处，建立士兵政治课制度，学习"三大纪律""八项注意"，使部队政治气氛活跃，战斗力提高。短短几个月，他率部多次沉重打击日伪军，相继收复盐山、庆云、无棣、乐陵和宁津等县城，有力激发了当地军民的抗战热情。

1938年夏，马振华先后担任中共盐山县委书记、冀鲁边区战委会主任、民运部长、组织部长、津南地委书记等职，从事发动和组织群众、巩固抗日民主政权等工作。他深入田间地头，与农民一起劳动，宣传抗战形势，在津南地区掀起参军参战热潮。

马振华在坚持敌后反"扫荡"斗争中，为在边区建立、发展党的组织，唤起民众的抗日救国热情，殚精竭虑，不辞辛劳。然而，为了国家和民族的利益，他家中年迈多病、双目失明的父亲，以及弱妻和孩子却无人照顾。马振华从未用一个钱、一粒米接济过家中。

1939 年，盐山一带大旱。有同志劝马振华回家看看，他感慨道："像我家这样，甚至比我家还要困难的抗属不是太多了吗？只有把鬼子打出去，国家富强了，大伙才能丰衣足食。"

马振华的妻子为逃避日伪军对抗日家属的迫害，讨饭来到宁津县的一个村庄，在村边恰巧遇到来此查看地形的马振华。马振华抱着孩子对妻子深情地说："渡过困难，就是胜利。"又对孩子和蔼地说："快和你娘要饭去吧，要不过了饭时，就不好要了。"回来后同志们埋怨他："你不该这样，怎么着也该让娘俩吃了饭再走啊。"马振华何尝不想让娘俩吃了饭再走，但他清楚，不能从战士嘴里为自己的家人夺饭吃，不能让战士们饿着肚子去杀敌。

1940 年 9 月 11 日夜，他与中共宁津县委书记张维明在宁津县柴胡店区薛庄村召开县、区干部紧急会议时，被柴胡店据点的敌探侦知。日伪军纠集宁津城里和柴胡店、黑魏、大柳、杜集、长官、孟集六个据点的四百余名日伪军，将薛庄村包围。马振华等指挥与会人员与日伪军殊死搏斗，最终寡不敌众，马振华与张维明等十一人于 12 日凌晨在突围战中壮烈牺牲，马振华时年三十五岁。

1940 年 11 月，为纪念这位深受边区军民爱戴的革命烈士，经上级批准，将宁津县改为振华县，直至新中国成立才恢复原名。

5. 大宗家的枪声

八路军第一次在鲁北与日军大部队作战

1937 年 9 月，八路军一一五师政治部主任兼三四三旅政委肖华率三四三旅机关一百余人抵达乐陵，成立了冀鲁边区军政委员会，整编了当地抗日武装，组建了"八路军东进抗日挺进纵队"，肖华任军政委员会书记兼挺进纵队司令员、政治委员。1938 年 10 月至 1939 年 3 月，冀鲁边区根据地取得了三次反"扫荡"的胜利。

在反"扫荡"中，八路军东进抗日挺进纵队五支队连续重创日伪军，取得了重大战果。1939 年 4 月初，五支队司令员曾国华、政委王叙坤率支队机关及五团主力一千七百余人，进驻陵县大宗家、前后侯家、赵玉枝家、闫福楼村一带，作短期休整。

五支队在反"扫荡"中多次击败日伪军，成了敌人的眼中钉。日军驻德县旅团长安田大佐派特务暗中侦查我军动向。当得知五支队主力在大宗家一带休整时，便纠集了沧县、泊镇、东光、平原、德州、禹城等地日伪军快速部队两千多人，汽车六十余辆，战马四百余匹，向大宗家一带合围，偷袭我军。

4月10日拂晓，日军向大宗家发起突袭。第五团一营十二连与特务连在大宗家西侧、南侧依托有利地形，多次击退日军冲击。三营十连从大宗家南侧驻地阎福楼突破日军包围，冲进大宗家，同十二连、特务连共同抵抗日军的进攻。五支队部、一营和三营分别在大宗家东南、东北和南侧的前侯、后侯、赵玉枝和阎福楼顽强抗击日军，坚守阵地。在大宗家激烈战斗之际，一营从赵玉枝隐蔽地接近大宗家东北侧日军骑兵埋伏地域突然开火，勇猛冲杀，日军骑兵死伤过半，日军指挥官被击毙。日军遂调整部署，集中兵力向大宗家进攻。被围困的十二连、十连和特务连与冲进村内的日军进行白刃格斗，打退日军多次进攻。八路军同数倍于己之敌短兵相接，肉搏拼刺，逢巷必争，逐屋必夺。战斗中有的干部牺牲了，共产党员自动代理指挥战斗，反复冲杀三十余次。下午四点多，日伪军增兵七百余人、山炮八门，妄图加大火力消灭八路军。

我军一、三营先后突围，向大宗家以北义渡口方向转移。坚守大宗家的十二连、十连、特务连和支队部，数度突围未获成功。五团团长龙书金三次与村内联系未成，便亲率一营调来增援的一个排和团直属分队，向围困大宗家东南门的日军侧后方发起猛烈冲锋，村内被围部队同时组织突围，两军会合，在枪林弹雨中突出重围。战斗中，五团团长龙书金身负重伤，政委曾庆洪壮烈牺牲。在村内负责掩护的一连指导员率一个班顽强阻击，子弹打完了，就用桌子、凳子、木棍同日寇拼杀，最后全部壮烈牺牲，保证了大部队突围。

这场战斗，敌我双方参战人数超过四千。击伤日军五百余人，缴获马一百余匹，安田大佐被击毙，八路军三百余人牺牲。这是八路军第一次在鲁北与日军大部队作战，此役震惊中外，被列入全国战史。

大宗家战役遗址

6. 王楼突围

八路军血战日寇

1943 年初，日军为了强化津浦铁路及其以东地区的治安，集中优势兵力对我冀鲁边区二分区八路军实行"铁墙合围"。1943 年 1 月 25 日，中共冀鲁边区二地委、二专署、二军分区在临邑县皂户李召开全区县以上党政军领导干部会议，负责保卫工作的只有基干营及黄河支队的一千余人。日军驻济南司令部纠集济南、德县、惠民三重镇及济阳、商河、禹城、齐河、临邑等县日伪军五千余人，对我军进行合围。

第二军分区司令员龙书金立即决定分两路突围。第一路由专员孙子权率地委、专署机关和基干营四连，过徒骇河向北突围。孙子权率部过徒骇河后，向北应敌而上，杀开一道缺口突围而出。第二路由军分区司令员龙书金、政委曾旭清、副司令员徐尚武率军分区机关、基干营三个连及黄河支队向南突围至王楼村，由基干营特务连阻击、牵制敌人，掩护分区机关和其他部队突围。

特务连连长赵毅昌率一百多名战士，在王楼村与装备精良、数十倍于己的日伪军展开激战。傍晚时分，机关及主力趁下大雪冲出重围，但担负掩护任务的部队却陷入了敌人的重重包围之中。在万分危急的情况下，徐尚武考虑到自己对临邑的地理特征较熟，便于指挥，于是主动放弃了随机关转移的机会，坚持留下来阻击敌人。徐尚武率部队抢占了王楼制高点，牵制住敌人，掩护机关首长和主力部队突出重围。他沉着指挥，英勇杀敌，打退了敌人的数十次冲锋。

为冲出重围，徐尚武带领战士们集中冲锋，但由于势单力薄，伤员太多，无法突围。徐尚武把大家集中在一起，大声疾呼："同志们，有能力的跟我冲出去，就有活路。没有能力冲出去的，留下来掩护同志、阻击敌人。实在不行了，留下一颗子弹给自己，我堂堂大中华的子孙，绝不能当日本鬼子的俘虏！"说完，他撕开上衣，敞开胸膛，手持刺刀，带领战士们向着敌阵发起最后一次冲击。

一部分同志冲了出去，而徐尚武却身中数弹，已不能行走。他把警卫员叫到身边命令道："你快走，不要管我，再搭上一个不值得。"警卫员坚决不依："我的任务就是保护首长，我绝不贪生怕死自己走。"说完背起他艰难地向东南走去。刘屯村一位老大娘冒死将徐尚武藏在一个地瓜井里，不料被敌人发现，纷纷向徐尚武藏身之处围拢。这时，隐藏在附近的警卫员两枪击毙了两名日军。日军误认为是徐尚武开的枪，面对昔日的老对手，又曾多次领教徐尚武神枪的厉害，再不敢贸然上前，便向井里投掷了一枚毒气弹，徐尚武不幸牺牲。

特务连连长赵毅昌也战斗到了最后，在击退敌人的数次疯狂冲锋后，战士们子弹打尽，与敌人展开短兵相接的肉搏战，最后全部壮烈牺牲。当地群众把烈士们葬在一起，在王楼村建起了一座"七十二烈士墓"。王楼一役，共毙日伪军二百余人，伤二百余人。连长赵毅昌身中十四弹，昏死在雪地中。最后被老乡救起，昏迷了三天，竟奇迹般地活了下来。赵毅昌老首长生前曾多次来到王楼村，为烈士扫墓，缅怀战友。

7. 激战玉皇阁

解放德州的战役

抗日战争时期，冀鲁边区抗日军民经过八年的浴血奋战，收复了除德州城之外的广大地区，取得了辉煌的战果。为了适应形势的发展，原冀鲁边军区与清河军区合并，成立渤海军区，抗日武装力量进一步壮大。日本投降后，原驻德州的日伪"华北绥靖军"被国民党政府接收改编为国民党"河北先遣军"，堂而皇之地继续盘踞德州城，拒绝向边区抗日军民投降，战争一触即发。但为了顾全大局，渤海军区决定暂缓围攻德州，同国民党进行谈判。

国民党以谈判为幌子，不断向德州增兵，积极准备内战。1946 年 6 月，蒋介石撕毁《停战协定》，发动了对解放区的全面进攻，内战爆发。全面内战爆发后，渤海军区决定集中优势兵力，主动出击，攻打德州，扼制津浦路，彻底切断敌华北与山东的联系，支援山东战场。

1946年6月，渤海军区司令员袁也烈下达命令：渤海军区特务一团、特务二团、十七团及军区直属大队迅速向德州挺进，在指定地点驻防待命。渤海军区司令部移至德州城东土桥，特务一团进驻城东刘家集、簸箕刘一带，特务二团进驻城南于官屯、前仓、后仓一带，十七团进驻城北许官屯、长庄一带，军区直属大队分驻城东、城南郊。此外，驻防泊镇的冀南军区独立二团也奉命开赴德州，独立二团连夜强行军七十公里，按时进驻运河西岸的五里庄、八里庄一带。德州城内的守敌六千余人已成瓮中之鳖。德州守敌总指挥、中将司令官王继祥惊慌失措，一面向济南紧急求援，一面在城内外抢修工事，企图固守待援。

1946年6月4日，渤海军区在土桥召开解放德州作战会议，制定出详细的作战方案。会议决定成立德州战役前线指挥部，军区司令员袁也烈任总指挥。由渤海军区特务一团、特务二团和冀南军区独立二团担任主攻，第十七团为预备队，德县、陵县、平原等八个县独立营（大队）配合作战。

1946年6月7日零时，解放德州之战全面打响。八个县独立营迅速打掉散布于城外围的据点，以挖壕推进的方法掩护主力部队进攻。城东的特务一团与陵县独立营等部，在团长张冲凌、政委王若杰的指挥下，首先占领肖何庄、芦家院等地，然后向城东北的飞机场发起猛攻。迫击炮、掷弹筒以强大的火力，摧毁机场指挥所，全歼守敌一个营。此后，由陵县独立营坚守机场，特务一团增援城南。陵县独立营先后击退城内敌人的八次反扑，胜利完成"占领机场，断敌空中通道"的任务。

城南的特务二团与平原独立营等部，在团长陈景三、政委张维兹指挥下，首先进攻城南玉皇阁。玉皇阁坐落在南门外，当时是全城的制高点，王继祥派重兵把守。守敌凭借强大的火力居高临下，疯狂扫射，战斗非常激烈，进攻部队受阻。陈景三分析形势，决定从侧翼迂回包抄。一营攻击新宅汽车公司，全歼守敌，控制玉皇阁左翼；二营进攻马庄，炸毁据点围墙，击溃守敌，控制玉皇阁右翼；三营攻入铁路警务段，将玉皇阁守敌的退路切断，从而形成了对玉皇阁守敌的合围。6月8日夜，由飞机场增援城南的特务一团主攻玉皇阁。特务二团控制两翼，阻击从东地赶来的敌方援军。为保护名胜古迹，我军首先展开政治攻势，守敌拒绝放下武器。6月9日夜，特务一团发起猛攻。守敌焚烧玉皇阁周围的民房，企图以大火阻止我军前进。爆破分队冒着烈火浓烟，在一团强大火力的掩护下奋勇向前，炸毁了玉皇阁周围的院墙和工事。突击队冲入院中，与守敌展开肉搏战，全歼守敌，成功占领玉皇阁。玉皇阁是全城制高点，这样，城内守敌指挥部和主要街道就完全暴露在了我方攻城部队的火力之下。

1946年6月10日晚9点，随着三颗蓝色和三颗红色信号弹升入夜空，战役进入总攻阶段。特务一团主攻南门，在迫击炮和机枪火力的掩护下，爆破组匍匐前进，炸毁敌人城墙工事，并把城墙炸出一条缺口。宋家烈副营长率一营三连突入城内，猛攻南门楼，击溃守敌，率先登上城楼，控制城门楼制高点，

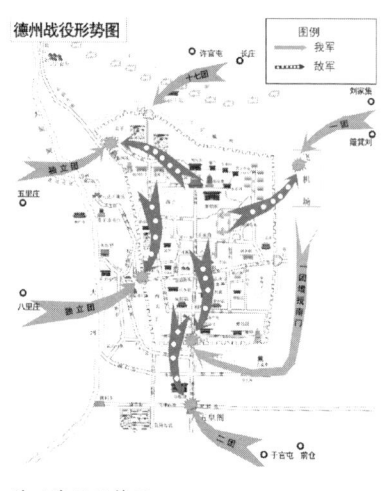

德州战役形势图

为后续部队开辟出入城通道。袁也烈司令员授予特务一团一营三连"捷足先登德州城"的锦旗。国民党军德州中将指挥王继祥、鲁北专员刘麟绂等人率残部投降，德州战役至此取得胜利。

德州的解放，扭转了鲁西北的战局，彻底切断了国民党军华北战区与山东战区的联系，有力地支援了山东及华北战场。德州战役也为我军攻打中等以上城市提供了宝贵的经验，得到了中央军委的充分肯定。

8. 日出渤海照天山，铸剑为犁戍边关
从渤海之滨打到西北边陲的部队

1947年10月初，一支特殊的部队在德州庆云县常家庄一带举行阅兵式，万名指战员威武整齐地列队通过检阅台，然后雄赳赳、气昂昂地奔赴大西北，开始了万里远征。这支特殊的部队，是我军战史上唯一一支从渤海之滨打到祖国版图最西端帕米尔高原的部队，这就是山东渤海军区教导旅。

1946年6月，国民党反动派首先向我中原解放区发动全面进攻。正在中原解放区的我八路军三五九旅，在旅长王震的

率领下突出重围一路奋战，胜利北返延安。北返途中，三五九旅部队损失惨重，全旅仅剩两千余人。王震向中央军委建议，从三五九旅和晋绥军区抽调干部，前往形势较好鲁西北，组建一支部队，支援西北战场。于是，八路军三五九旅七一九团团长张仲翰和政委曾涤等来到了渤海军区。

1946年6月，随着德州的解放，渤海军区形势一片大好，翻身农民踊跃参军。为支援全国战场，迅速组建了渤海军区教导旅，张仲翰任旅长，曾涤任政委。全旅三个团，加上旅直属队，总兵力10 121人。经过数月的艰苦集训，这支部队成为一支敢打硬仗的劲旅。

1947年10月初，教导旅在庆云县常家庄一带举行阅兵式。然后全旅由庆云县出发，开始了西征。经德州，出山东，过邯郸，行程一千余公里，10月底到达河北省武安县。渤海军区教导旅正式归入西北野战军的建制，改称二纵独立第六旅，下辖十六、十七、十八团。

由渤海区子弟兵组成的西北野战军二纵独立第六旅（1949年2月改编为中国人民解放军第一兵团二军步兵第六师），在王震将军的率领下飞越太行，强渡黄河。运（城）安（邑）战役，初露锋芒，敢打敢拼；在黄龙宜川战斗中屡建奇功，奔袭东西马村，使敌全军覆没；扼守荔镇，苦战为西野开路；而后挥师关中，活捉孙铁英等国民党将领；挺进西宁，直捣马步芳匪军老窝；翻越祁连雪山，控制河西走廊，为新疆的和平解放做出重要贡献。在千里征战中，一大批渤海区入伍的子弟兵为新中国的建立流尽了最后一滴血。如在1948年8月的壶梯山战斗中，惠民县入伍的战士韩德荣在爆破敌人工事时被敌手榴弹炸破腹部，他将肠子塞回腹中，坚持将敌人工事爆破，最后壮烈牺牲。渤海区出征的万名指战员纵横西北战场，经历了大小数十次战斗，连战皆捷，在战斗中迅速成长，获得了"攻如猛虎，守如泰山"的赞誉。

1949年10月1日，步兵第六师（原山东渤海军区教导旅）万名指战员齐集甘肃河西走廊重镇张掖，庆祝中华人民共和国成立。1949年10月至1950年3月，第六师各部依次出发，先后进驻新疆的焉耆、若羌、库尔勒等地。1954年，步兵第六师响应党中央"屯垦戍边"的号召，改编为新疆生产建设兵团农业建设第二师，今为新疆生产建设兵团第二师。

不少出身渤海军区教导旅的战士、干部在革命中成长为我党我军的高级干部，如曾任新疆生产建设兵团司令员的刘全双，就是德州宁津县人。当初教导旅万名山东健儿出征，半数牺牲在了西进途中，这些先烈的牺牲精神成为我们民族精神的一部分，支撑着中华民族开启伟大的民族复兴；这些万里西征的铁血将士扎根新疆，为新疆的发展繁荣做出了突出贡献。他们舍小家为大家，离开故土保卫国家，用青春和生命铸就了"大义大爱、无私奉献、听党指挥、永葆信念"的教导旅精神品质。

二

名人逸事

德州自古至今饱受黄河、运河文化的沾溉，孕育了独具区域特色的"水德"文化，对德州的人文精神产生了深远影响。这片沃土孕育了名士东方朔、祢衡，魏晋南北朝大臣崔宏、崔浩，唐代第一位状元孙伏伽，诗人张祜，宋代名臣吕颐浩、文学家李之仪，明代大学士董伦、书法家邢侗，清代学者田雯、卢见曾等。中国共产党成立后，革命的星火迅速燃遍鲁西北大地，德州人民前赴后继、英勇抗争。涌现出革命烈士马振华、抗日英烈戚峰、冀鲁边区革命母亲常大娘等人物，他们不仅是德州人民的骄傲，更是中华民族的脊梁。

（一）文人逸事多

1. 相声祖师

智圣东方朔

　　东方朔（约前 161—前 93），字曼倩，平原郡厌次县（今德州陵城区神头镇）人，西汉文学家。东方朔以滑稽名世，以足智多谋、能言善辩著称，民间尊之为相声祖师爷。

　　东方朔自幼失去父母，由兄嫂抚养成人。他聪敏好学，十几岁时已精通《诗》《书》《易》等儒家经典，熟读《孙子兵法》《吴子》等兵法战策，闻鸡起舞，研习剑术。东方朔文韬武略无一不通，才华横溢，闻名乡里。在汉武帝广招贤良之际，东方朔上书自荐。

　　汉武帝初年，广征天下贤良方正和有文学才能的人，各地士人、儒生纷纷应聘。东方朔也向汉武帝自荐，自荐书用了三千片竹简，两个人才扛得起，武帝读了两个月才读完。《汉书·东方朔传》记载了他的自荐书：

　　　　臣朔少失父母，长养兄嫂。年十三学书，三冬文史足用。十五学击剑。十六学《诗》《书》，诵二十二万余言。十九学孙吴兵法，战阵之具，钲鼓之教，亦诵二十二万言。凡臣朔固已诵四十四万言。又常服子路之言。臣朔年二十二，长九尺三寸，目若悬珠，齿若编贝，勇若孟贲，捷若庆忌，廉若鲍叔，信若尾生。若此可以为天子大臣矣。

这可谓是正史记载的最为自信的自荐书。

汉武帝对东方朔的上书大加赞赏，令他待诏在公车署中。公车令俸禄微薄，又很难见到皇帝，东方朔很是不满。为了让汉武帝尽快召见自己，他故意戏耍给皇帝养马的几个侏儒："皇帝说你们这些人既不能种田，又不能打仗，更没有治国安邦的才华，对国家毫无益处，因此打算杀掉你们。你们还不赶快去向皇帝求情！"侏儒们大为惶恐，哭着向汉武帝求饶。汉武帝问明原委，将东方朔召来责问。东方朔终于有了一个直接面对皇帝的机会，他风趣地说："我是不得已才这样做的。侏儒身高三尺，我高九尺，俸禄却一样多，总不能撑死他们而饿死小臣吧！圣上如果不愿意重用我，就干脆放我回家，我不愿再白白耗费京城的白米。"东方朔诙谐风趣的语言，逗得汉武帝捧腹大笑，遂任命他待诏金马门，不久又擢为侍郎，侍从左右。

汉武帝喜欢游戏，为政之暇，常出谜语，让侍从猜测。东方朔每猜必中，应答如流，很快受到宠幸。东方朔利用接近皇帝的机会，屡屡向汉武帝诤谏国政，得到汉武帝的赏识，被授予太中大夫。东方朔聪明盖世，滑稽幽默，爱讲笑话，所以后人把他奉为相声祖师爷。当初相声泰斗马三立先生拜周德山为师，还向东方朔鞠躬，拜过东方朔。

东方朔去世后，其人很快被涂上了一层神奇怪诞的色彩。星相占卜、巫师数术之士，奉东方朔为祖师爷。在他的故乡神头镇，每年农历三月初三，各地占卜盲人云集此地赶会，向"朔爷爷"虔诚跪拜。

东方朔的故乡盛产枣，枣树易生一种名曰"布蛆"的害虫，传说东方朔使他家乡方圆百里以内的枣树不生"布蛆"，于是这一带自古便盛产小枣。至今当地老农仍对此津津乐道，对东方朔感戴恩德。

2. 击鼓骂曹

恃才傲物的祢衡

祢衡（173—198），字正平，东汉末年平原郡般县（今德州临邑县德平镇小祢家村）人。今临邑县德平镇仍存有古迹"祢衡井"。1933年，原德平县县长戴章民立碑勒石于祢衡井旁，碑高二米，正面刻"祢衡故里"四个大字。井水甘甜，沿用至今。

祢衡自幼聪颖好学，博闻强记，有过目成诵、出口成章的才能。他敢于蔑视权贵，且能言善辩，恃才傲物，二十岁就已经是声名远播的大才子了。东汉建安初年，祢衡来到许都（今河南许昌），想投奔曹操。当时许都新建，贤士大夫四方云集，英杰济济。祢衡至许都之前，就写好名帖藏在怀中，打算拜谒许都名士，以求功名。但到许都后，感到无人值得拜谒。有人建议他去投奔在朝任职的名士陈群和司马朗，祢衡回答："我哪能屈从杀猪、卖酒之辈！"当时，荀彧是朝中的著名谋士，赵稚长任荡寇将军，也很知名，所以又有人建议祢衡投奔他们，祢衡也拒绝了。祢衡恃才傲物，见到不如自己的人连话也不愿说，因此得罪了很多士人。在许都士人中，祢衡瞧得起的只有孔融和杨修，他常说："大儿孔文举，小儿杨德祖，余子碌碌，莫足数也。"孔融也深爱祢衡之才。

当时祢衡年仅二十余岁，孔融四十岁，二人互相倾慕，结为忘年之交。孔融多次向曹操举荐祢衡，曹操本想接见，可是祢衡恃才高傲，根本不把曹操放在眼里，称病不肯前往，并且数次流露不逊之言。曹操闻知其情，心生愤恨，但因祢衡才名很大，不想杀他。曹操听说祢衡善于击鼓，便任其为鼓史，大会宾客，观其表演。会场规定：表演者经过曹操面前，一律脱去故衣，更换"岑牟单绞"（岑牟：鼓角吏所戴的头盔；单绞：苍黄色的单衣）。祢衡击鼓，击奏《渔阳》一曲，鼓声悲壮慷慨，听者无不动容。祢衡行至曹操面前而止，主吏呵斥他停鼓更衣，祢衡答应一声，先脱去外衣，又脱光内服，赤身裸体，一丝不挂，站在曹操面前亮相，然后从容不迫地穿上"岑牟单绞"，又击鼓而去，始终面不改色。曹操只好自我解嘲地笑着说："本欲辱衡，衡反辱孤。"

事后，孔融批评祢衡，认为大雅君子不当如此，并申明曹操有爱才的诚意。祢衡听后，答应拜见曹操。于是孔融又去见曹操，向他解释祢衡确有狂疾，现已自知失礼，想前来谢罪。曹操听了很高兴，命令守门的士卒有客立即禀报，并准备上等筵席以待祢衡前来。祢衡身穿单布衣，头戴疏巾，手持三尺木杖，坐在曹操大营门口，以杖捶地，破口大骂。门吏向曹操回禀说，外面有一狂生，坐在营门，指天骂地，口出狂言，请收捕治罪。当时，孔融尚在曹操身边，曹操闻禀大怒，对孔融说："祢衡竖子，孤杀之犹雀鼠耳。顾此人素有虚名，远近将谓孤不能容之，今送与刘表。"于是派人送祢衡回荆州。祢衡临行，众人在城南设酒饯别，因祢衡平素孤傲，目中无人，得罪了不少士人，所以众人约定：以他迟到为借口，大家都坐卧不起，对他进行一番折辱。祢衡到场后，无人起身，祢衡见状，放声大哭。众人问他何以悲伤，祢衡说："坐者为冢，卧者为尸，尸冢之间，能不悲乎！"众人想折辱祢衡，反被祢衡所辱。

3. 崔琰榻侧魏武捉刀

"武城崔氏始兴祖"崔琰

崔琰，字季珪，东汉末年清河郡东武城（今山东武城东北）人，被称为"武城崔氏始兴祖"。

崔琰师从经学大师、北海郡人郑玄，学习经学。崔琰学识渊博，相貌出众，大将军袁绍对他甚为赏识，任命他为骑都尉。官渡之战前，崔琰屡次劝谏袁绍发展生产、稳定内部，不要轻易开战。但袁绍不听，结果一败涂地。

建安十年（205），曹操破袁氏占冀州，聘崔琰为其长子曹丕的老师，官拜东曹掾，掌选官之权。崔琰刚直不阿、知人善任，深得曹操赏识，擢拔为尚书。当时，曹操很欣赏次子曹植的文才，打算立为世子，但曹丕毕竟是长子，所以心里很矛盾，于是密访诸臣，想听听大臣们对此事有何看法。一些大臣不敢直言，崔琰却说："《春秋》之意，立子以长，曹丕仁孝聪明，应该继承大统。"曹植是崔琰哥哥的女婿，曹操见崔琰如此公正坦诚，赞叹不已，于是升崔琰为中尉。

崔琰长相英武，容貌端正，举止大方，姿态威严，仪表堂堂。文武百官都对他非常敬重，曹操对他更是赏识有加。曹操统一北方后，声威大振，各游牧民族部落纷纷依附。匈奴派使者送来了大批奇珍异宝，请求面见曹操。曹操认为自己的长相不足以震慑来使，就让崔琰代替自己接见使者。会见时，崔琰于正中端坐，接受了匈奴使者的拜贺，曹操却扮作侍卫模样，手握钢刀，挺立在坐榻旁边。

接见完毕后，曹操派人去问匈奴使者对"曹操"印象如何。使者不假思索地说："魏王俊美，风姿高雅，而榻侧捉（捉：握、提之意）刀的那个人气度威严，非常人可及，乃真英雄也！"后来，人们便将代替别人做事称为"捉刀"，代人作文为"捉刀代笔"。

崔琰明鉴卓识，慧眼识人。一次到好友司马朗家做客，见到司马朗年轻的弟弟司马懿，便对司马朗说："令弟聪敏明哲，刚强果敢，将来必成大器。"司马朗却不以为然。后来，真如崔琰所料。崔琰的堂弟崔林，年少时没有名望，亲戚好友都很轻视他，崔琰却常说："吾弟大器晚成，前途不可限量。"果不其然，崔林后来官拜大司徒，位列三公，封安阳侯，是曹魏三朝重臣。之后，武城崔氏冠冕相袭、名卿辈出，长盛不衰，成为"山东甲族"之首。

4. 神算子道破天机

研易大师管辂

管辂 (210—256)，字公明，三国时期魏国平原郡平原县 (今平原县) 人，是历史上著名的术士，被后世卜卦观相者奉为祖师。

管辂自幼聪敏好学、善于思考、悟性超群，对日月星辰、自然万物都有着浓厚的兴趣。八九岁时，他常常仰望星空，一看就是几个时辰，对星宿的名称、位置、变化规律无一不晓，父母邻里都感到惊奇。管辂对日月星辰、寒暑节气、阴阳变化等细心观察与研究，悟出了其中的内在联系。当时德州一带的名儒与之辩论，都难不倒他，时人号为"神童"。

管辂对《周易》兴趣甚笃，潜心探研，深解其旨，对仰观、风角、占、相之道，无不精通。其相占之术大进，相人卜事无不灵验，世人称为"神人"。据说，当时平原郡人十分佩服他的神机妙算，以至为奸为盗的人都纷纷收敛了。

平原太守刘毓对管辂的相占术将信将疑，于是，便取来印囊和山鸡毛放在器物内，让管辂卜筮。管辂说："内方外圆，五色成文，含宝守信，出则有章，此印囊也。高岳岩岩，有鸟朱身，羽翼玄黄，鸣不失晨，此山鸡毛也。"

曹操晚年多疑，常常梦见黑风中群尸起舞，精神恍惚，病不起，服药毫不见效。令太史丞许芝卜《易》，许芝推荐管辂，曹操立即差人前往平原召他前往。管辂至许都，曹操问卜，管辂答道："此幻术耳，思则有，不思则无，何必为忧？"曹操听了管辂的话，心情渐渐平静下来，病也好了。曹操问卜于江东、西蜀之事，管辂卜卦，说："东吴主亡一大将，西蜀有兵犯界。"不久，合肥守将张辽上报："东吴陆口守将鲁肃身故。"汉中亦报："张飞犯境。"曹操欲领兵征伐刘备，问卜于管辂。管辂说："不可轻动，来春许都必有火灾。"结果，第二年耿纪、韦晃等人叛操，在城中放火。

管辂执《易》卜卦，时为天下第一，朝野皆闻其名。从当朝显贵、封疆大吏到平民百姓，无不敬仰，每遇疑难怪奇之事，皆问卜于管辂，世人称奇。

吏部尚书何晏与大将军曹爽合谋，夺了司马氏的兵权，盛极一时，权倾朝野。何晏曾请教管辂："君论阴阳，此世无双，请给我作一卦，我能不能官至三公之位？"又问："我一连梦见有几十只青蝇飞来，落在鼻子上，赶它也不肯飞走，这是什么意思呢？"管辂说："物极必反，盛极则衰，不思悔悟，前事难料。"事后，管辂的舅舅责备他说话太直率。管辂说："与死人语，何所畏邪？"舅舅大怒，说管辂狂妄。十几天后，何晏被诛杀，管辂的舅舅这才叹服。

5. 金榜题名

中国历史上有据可查的第一位状元孙伏伽

孙伏伽（？—658），贝州武城（今山东德州武城，一说河北邢台清河）人，唐初大臣，中国历史上有据可查的第一位状元。

隋朝建立后，为了彻底革除魏晋以来选官制度的流弊，选拔真才实学，废除九品中正制，采用考试的方法选拔官吏，于是一种全新的选官制度诞生了。开皇十八年（598），隋文帝下令以"志行修谨"和"清平干济"两科选拔人才。大业三年（607），隋炀帝设立"进士科"，以考试策问取士。进士科的设立，标志着科举制的诞生。就在这一年，举行了我国历史上第一次进士科的科举考试。孙伏伽得知消息后，满怀信心地赴京赶考，结果一举成名，考中进士，任京畿万年县（今陕西西安）法曹，由此步入仕途。不久隋朝灭亡，孙伏伽归附大唐。

唐朝建立后，继承和发展了隋代开创的科举制。科举分两类：一是常科，二是制科。常科就是每年举行的常规考试，设立的科目有秀才、明经、进士、明法、明字、明算等，其中以进士科考试最受尊崇，报考人数最多，录取也最严格。制科是皇帝临时设立的科目，也叫"特科"。科举以常科为主，制科为辅。考试合格被录取称为"及第"或"登科"，第一名叫"状元"或"状头"。唐朝举人凡是赴京参加科举考试的，皆须"投状"，即投递当地官府的推荐信，所以就把第一名称为"状头"或"状元"。

武德五年（622）冬，唐朝举行了开国以来第一次进士科考试，孙伏伽应考，主考官是吏部考功员外郎申世宁。在此次录取的十四名进士中，孙伏伽名列第一，成为中国科举史上有名可考的第一位状元。贞观元年（627），拜大理少卿。贞观十四年（640），拜大理寺卿，迁陕州刺史。

孙伏伽刚直不阿，敢于直谏。一天，唐太宗要去打猎，正要出发。这时孙伏伽匆匆赶来，一把拉住马缰劝阻。唐太宗不听，孙伏伽把缰绳绕在腰间，跪在马前说："陛下今天出门，就请从老臣身上踏过去，我愿意用死换取皇上对忠告的采纳。"唐太宗大怒，说："朕本来认为你是一个诚信勇敢的人，能够以诚言进谏，不好损你颜面；哪知你却不知好歹，目无高低，限制起我的行动来了。我连这点儿事都做不了主，还当什么皇帝？来人，把他给我拖出去斩了。"几个高大强壮的武士立刻闻声而来，一把捉拿了文弱的孙伏伽。孙伏伽面无惧色地说："夏朝的关龙逄因直言进谏而被杀，我情愿和他在九泉之下相见，也不愿意再侍奉你了。"这时，唐太宗笑了，说："朕不过是试一试你的胆量，你还真是一个诚信有勇的君子，有你真是大唐王朝的福气啊！好，那朕今天就不出去了。"不久，唐太宗封孙伏伽为谏议大夫。

6. 郊寒岛瘦

中唐诗人孟郊

孟郊（751—814），字东野，唐代著名诗人。祖籍平昌（今山东临邑东北），先世徙居洛阳。唐玄宗天保十年（751）孟郊出生时，其父孟庭玢时任昆山小吏，举家定居湖州武康（今浙江湖州德清县），生活贫困。

一年冬天，有个钦差大臣来到武康县了解民情。县太爷大摆宴席，为钦差大人接风。正当县太爷举杯说"请"，钦差大人点头应酬的时候，身穿破烂绿色衣衫的小孟郊走了进来。县太爷一见很不高兴，眼珠一瞪喝道："去去去，来了小叫花子，真扫雅兴。"孟郊气愤地顶了一句："家贫人不平，离地三尺有神明。"钦差大臣觉得孟郊口气很大，便要出对联考他。这钦差大人自恃才高，又见对方是个小孩，摇头晃脑地说："小小青蛙穿绿衣。"小孟郊见这位钦差大臣身穿大红蟒袍，又见席桌上有一道烧螃蟹，略一沉思，对道："大大螃蟹着红袍。"钦差一听，气得浑身抖得像筛糠，但又不好发作，便对县官说："给这小儿一个偏席，赏他口饭，看我再和他对。"这老钦差三杯老酒落肚，又神气活现了，他斜了一眼小孟郊，说："小小猫儿寻食吃。"小孟郊看看像馋狗啃骨头似的钦差大臣，又看看拍马溜须的县太爷，便不卑不亢地回敬道："大大老鼠偷皇粮。"钦差大臣、县太爷一听，吓得目瞪口呆，出了一身冷汗。原来他们吃的正是救灾的粮食。

贞元十二年（796），孟郊考中进士。在唐代，相比明经、秀才，进士科考试不仅严格，而且录取人数很少，考上进士是一件很艰难的事，所谓"三十老明经，五十少进士"。孟郊考中后如释重负，题诗云："昔日龌龊不足夸，今朝放荡思无涯。春风得意马蹄疾，一日看尽长安花。"后来孟郊并未得到重用，游历半生，最后定居洛阳，与韩愈、贾岛惺惺相惜，诗酒为娱。

孟郊比贾岛大二十八岁，是贾岛的前辈诗人。但他们都怀才不遇，官职卑微，穷困潦倒，一生苦吟。孟郊"一生空吟诗，不觉成白头"，贾岛"一日不作诗，心源如废井"。二人意气相投，诗风"孤寒""枯瘦"，所以苏轼称之为"郊寒岛瘦"。

孟郊早年丧父，母子相依，他以一首《游子吟》道出了母爱的伟大。这首诗通过回忆一个看似平常的游子临行前母亲缝衣的场景，凸显并歌颂了母爱的伟大与无私，表达了诗人对母亲的感激与尊敬。此诗情感真挚自然，并无藻绘与雕饰，清新流畅，淳朴素淡的语言中蕴含着浓郁醇美的诗味，千百年来广为传诵。

7. 朝鲜国王为之立坊

端肃公葛守礼

葛守礼（1505—1578），字与立，号与川，晚号疏翁，山东德平（今德州市临邑县）人。出身农家，自幼贫而好学，明嘉靖七年（1528）参加乡试，取得第一名，次年中进士。曾任礼部尚书、户部尚书、刑部尚书、左都御史。

葛守礼初任河南省彰德府推官，断狱公平，清正廉明。再迁兵部主事，镇守山海关。以往朝鲜贡使入京进贡，每过山海关都要上下打点才能顺利过关，多年形成惯例。葛守礼却一改往例，坚决不受，他说："贡使入关进贡，理应依法放行，哪有收受贡使礼物的道理！"使者非常感激，拜谢而去。回国后，转报朝鲜国王。朝鲜国王命人在鸭绿江畔为葛守礼立坊，以颂其德。

宁王的族人向礼部官员行贿，礼部尚书严嵩等受贿后，为他们请封。葛守礼调任礼部郎中后，丝毫不为所动，严词拒绝。事发后，查出赂银十万余两，在礼部官员受贿名单中，唯独没有葛守礼的名字。

严嵩升任武英殿大学士、兼任内阁首辅后，成为朝中第一权臣。他结党营私，排斥异己，朝政日非。葛守礼对严嵩任人唯亲、滥用私人的做法深恶痛绝，屡次上疏弹劾严嵩，指出他挟私专政、蒙骗皇上、培植亲信的劣行，被严嵩排挤出北京，调往南京任吏部尚书，明升暗降。后来，严嵩亲信吏部尚书李本考察廷臣，秉严嵩旨意，把葛守礼列为下等。葛守礼愤然辞官，在家乡闲居十余年。世宗后来问起"守礼安在"时，严嵩等人以"老病"回答，世宗听后，叹息良久。

隆庆元年（1567），穆宗即位，葛守礼被重新起用。先后任户部尚书、刑部尚书、都察院左都御史。当时阁臣高拱、徐阶、张居正等为夺首辅之位，在朝内各自结党，互相攻讦。葛守礼秉公执法，不受其左右。神宗万历三年（1575），葛守礼以年老为由退休返乡，明神宗准允，加爵太子少保。葛守礼离开京城的那一天，张居正亲率六部大臣设宴送行，表达了对葛守礼高风亮节的敬重。万历六年（1578），葛守礼病逝，享年七十七岁，葬于故里。其墓在德平镇东北二里，鬲津河南岸。神宗辍朝三日，以示哀悼，追赠太子太保，谥端肃。万历皇帝亲书"一品荣封"，并敕建"一品荣封"牌坊，称赞葛守礼一生"高风亮节，守己以正，品冠流芳"。

葛守礼去世后，山东巡抚赵汝泉奏请朝廷，为葛公立祠，这就是今天位于德平镇东关街路北的葛公祠。葛公祠正殿四楹，东西偏殿各一。正殿楹联为临清州学正张镠所书，上联为"亮节著三朝海岱清风光射斗"，下联为"精诚匡四相虚危正气寿如山"，祠前立"柱国名臣"牌坊。清乾隆五十八年

（1793），知县钟大受带领葛守礼后人对祠堂进行了重修。光绪七年（1881），葛守礼后裔葛传鳌又对葛公祠进行复修。

8. 南董北邢

明代书圣邢侗

邢侗（1551—1612），字子愿，号知吾，明代书画名家，山东临邑人。邢侗工书、善画，能诗文，与董其昌、米万钟、张瑞图并称"明末四大书家"。邢侗传世作品有墨迹刻石《来禽馆帖》，以及书迹《临王羲之帖》《论书册》《古诗卷》《临晋人帖》等。除故宫博物院外，上海、四川、湖北、吉林等地博物馆皆有存迹。

邢侗出身名门，自幼聪慧发奋，七岁就能作擘窠大书。十八岁被拔为贡生，二十岁中举人。明神宗万历二年（1574），二十四岁的邢侗考中进士。先后任南宫知县、监察御史、陕西太仆寺少卿等职，颇有政绩。万历年间，朝政江河日下，官场倾轧。万历十四年（1586），三十六岁的邢侗辞官还乡，筑来禽馆，潜心研究书画。

邢侗在来禽馆攻读习书、精研碑帖诗画二十六年，成就斐然，与董其昌并称"南董北邢"。邢侗书法"笔力矫健，圆而能转"，行草、篆隶各臻其妙，晚年尤精章草。其画清淑淡雅，多为兰竹窠石，艺术上炉火纯青。皇室、外使纷纷求购他的作品，一时号为珍品，可谓一字难求。

邢侗的书法成就为社会所公认，特别是其行书更为海内外所追捧。万历皇帝令宦官求得邢侗字扇进览，爱不释手，并令宫人学习邢书。兵部尚书邢玠出兵朝鲜，听说朝鲜有一个姓李的状元，其妻酷爱邢书，托人给邢侗捎信，乞求师从邢侗，自恨身为女子，不能入中国学习。朱宗伯出使朝鲜，下属携带了两幅邢侗书法作品，朝鲜官绅争相购买，竟然与黄金同价。琉球使者入贡，愿多住些天，买到邢书才离去。邢侗书法在海外的影响可见一斑。今伦敦博物馆，日本、东南亚诸国皆存其迹。

万历十九年（1591），两大书法家"南董北邢"终于相聚。当时，董其昌自京南下，途经德州。邢侗特意提前从临邑赶赴德州，二人惺惺相惜，把酒言欢，研书论画，成为佳话。

树瘿（俗称"树瘤子"）因表面的瘤状物沧桑感十足，备受文人墨客的喜爱。一次邢侗得到一只罕见的大树瘿，便把它制成一只树瘿樽（盛酒器），并在樽上刻字，落款"来禽馆子愿"。后来，邢侗将这只树瘿樽送给好友德州名儒卢世㴶，此樽在明末清初德州文人中被视若珍宝。雍正年间，此樽流入德州李氏家族名卿李世垣手中。一天德州名士田同之（田雯之孙）到李家串门，在李世垣书房中看到此物，爱不释手。李世垣见田同之如此喜爱，就说："此物宜归君处，因为你所居住的正是南村先生（卢世㴶晚称"南村病叟"）故宅，送给你也算物归原处了。"田同之激动地赋诗一首以记此事。一只树瘿樽四易其手，成为德州文坛的一段佳话。

邢侗之妹邢慈静书法上也颇有建树。在明代女书法家中，邢慈静最为著名，她师今追古，博采众长，究帖之穷。她擅长楷书，尤以行书见长，其作品妙丽而有姿致，形成了独特的艺术风格。

9.酒癖诗痴

研杜大家卢世㴼

卢世㴼（1588—1653），字德水，号紫房、南村病叟、杜亭亭长，出身德州名门。明天启五年（1625）进士，历官户部主事、监察御史。明末朝政日趋腐败，廷内宦官专权，朝中朋党倾轧。卢世㴼性情高傲，不愿同流合污，对官场厌倦至极，辞官归里，潜心研究诗学。卢世㴼筑尊水园，坐落于德州城西门内以北的城墙下（今新湖街道办事处吕家街西首)，园内筑茅屋十余间，名曰"杜亭""画扇斋""匦峰庵""涪轩"等，"杜亭"因卢世㴼仰慕杜甫而设。他奉杜诗为圭臬，崇祯初年，卢世㴼的杜诗研究成果《杜诗胥钞》完成，他由此成为当时的研杜大家。

卢世㴼研杜的成就，引起了当时的文坛盟主钱谦益的重视，卢钱二人便围绕"杜学"展开交流，"杜学"大放异彩，"钱卢"也因杜学并称于世。崇祯十年（1637），钱谦益及其门生瞿式耜因与阁臣温体仁不和遭到诬陷，入京受讯，途经德州，拜望卢世㴼。钱谦益一行来到德州，卢世㴼、程泰等德州文人高接远迎，钱谦益非常感激，赋《次韵酬德水见赠》诗，以答赠德州友人。

清朝入关后，卢世㴼称病不出。卢世㴼虽避居尊水园内，但其本性慷慨，倜傥洒脱，在明末清初的文坛上享有盛名，为士大夫所追捧。所以其所居尊水园，一时成为士大夫雅居之地。

清顺治初年，钱谦益自北京南返，携江南名媛柳如是来到德州。卢世㴶与德州友人程泰、程先贞父子陪同钱谦益、柳如是同聚尊水园，中秋之夜题诗杜亭。众人皆"闲散之士"（卢世㴶、程泰、程先贞、钱谦益都已辞官），如鱼得水，如鸟归林，清闲自得。钱谦益、柳如是题诗，众人相和。作为东道主的卢世㴶更是诗兴大发，连和三首，分别为《次我闻大士中秋题杜亭韵》《再和我闻元韵》《杜亭中秋我闻高唱鲁翁正夫赓和至再余主人也不敢不勉》。柳如是别号"我闻居士"，此处的"我闻大士"指柳如是。诗中体现了宾主喜气洋洋的欢快气氛，充满浪漫主义色彩。柳如是成为众人推崇的中心，如众星捧月一般，诗中将"我闻大士"柳如是比作持仙药、挟灵风的桐君，着力表现其开朗、潇洒的气度。

卢世㴶慷慨豪爽，海量豪饮，很难遇到对手。宋弼《州乘余闻》中记载了有关卢世㴶善饮的典故：卢世㴶饮酒五六斗不醉，常常为找不到对手而遗憾。一位朋友对他说："州衙中来了一个小吏，酒量惊人，没有人能胜过他。"卢世㴶闻之，专门邀小吏斗酒。二人棋逢对手，卢世㴶大喜。后来，他只要来了酒兴，就邀这名小吏。小吏喝多了，误了公务，知州听说后也不加责罚。

卢世㴶为何如此狂饮，用他自己的话说是"用酒消融万古愁"。明朝的灭亡、社会的动荡、百姓的疾苦，他虽看在眼里，但又无可奈何，只得稳居"桃园"，借酒消愁。醉梦中，他常常以陶渊明、刘伶（竹林七贤之一）自居，好像回到了大明的"桃园"与"竹林"。《州乘余闻》中有这样一则典故：有一次，卢世㴶听说德州城南的桃花已经含苞，三四日后就将盛开。于是，他叫上自己的侄子，带着被子来到城南等待花开，以桃园代竹林也，可见卢世㴶的心境。

清顺治十年（1653），卢世㴶溘然长逝，享年六十六岁，供入乡贤祠。

10. 顾炎武打幡

顾炎武与程先贞的过命之交

明末清初著名的思想家、史学家、语言学家顾炎武，其学术生涯与德州有着不解之缘，一生曾数十次来德州会友、讲学，写下了众多与德州有关的优秀诗文，为清代德州文化的发展和繁荣做出了重大贡献。他的名字和事迹，将永远镌刻在德州文化发展史上。

顾炎武与德州文人的交往是从认识程先贞开始的。程先贞（1607—1673），字正夫，号葸庵，晚年号海右陈人，清初德州著名文学家、诗人，康熙《德州志》主编，明工部侍郎程绍之孙。

康熙三年（1664），五十二岁的顾炎武与程先贞相识，并结下深厚友谊。直到康熙十六年（1677）的十四年中，顾炎武几乎年年都要来德州会友，有时一年多达三次，有时一次可长达半年。

时人李源、李涍、李涛、谢重辉等德州名士，均成为顾炎武的文坛好友。顾炎武初来德州之时，大多住在程先贞家中。

清康熙九年（1670）六月，五十八岁的顾炎武应程先贞、李涛之请，于德州程先贞家中讲授《易经》，达四个月之久。为了搞好这次讲易活动，早在四月时，顾炎武就从北京来到德州，与程先贞等商定讲易事宜。讲易过程中，顾炎武因学识渊博受到听众的高度赞扬，来听演讲的人越来越多，甚至惊动了朝廷要员。立秋之日，工科右给事中茌平人王曰高过程先贞家，听顾炎武讲《易》。八月，程先贞作《赠顾征君亭林序》一文，高度评价了顾炎武的学术成就。九月初，顾炎武讲《易》毕，即兴赋《德州讲易毕奉柬诸君》诗一首，作为与学员的留赠之言。这次讲学，是顾炎武一生中唯一的一次讲学活动。顾炎武一直是反对讲学的，能有如此破格之举，足可见其对德州学界的重视。

康熙十二年（1673）四月，受程先贞和知州金祖彭之邀，顾炎武从京城专程来德州审校《德州志》，考证史实，提出了"德陵互易"之说，有力地维护了德州历史的真实性。

同年，程先贞去世。顾炎武闻讣，悲痛万分，从章丘赶来，并作《哭程工部》一诗。康熙十四年（1675），他又专程赶来德州亲自为程先贞打幡送葬，再作《送程工部葬》一诗。两位文人的过命之交，可见一斑。

11. 田雯种瓜

山左名宿田雯逸事

俗话说："德州有三宝，扒鸡、西瓜、金丝枣，跟着帝王天下跑。"意思是这三样东西在清代都是御用贡品，传说中的德州西瓜之所以能美名远扬，也与清代康熙朝大臣田雯有关。

田雯（1635—1704），字紫纶，号漪亭，晚号蒙斋。曾任江南学政、湖北督粮道、江宁巡抚、贵州巡抚、刑部侍郎、户部侍郎。为官深受百姓爱戴，被称作"德州先生"，他同时也是清初诗坛的一流诗人，被列为"金台十子"之一。康熙四十一年（1702），六十八岁的田雯因病致仕还乡。同年，康熙南巡驻跸德州，特意召见田雯，亲书"寒绿堂"匾额相赐，以示褒奖。"寒绿"为何意？一说是田雯自喻老树，寒冬逢圣恩后仍要吐发新绿；一说是田雯一生尚竹，崇尚竹子的气节，以"寒绿"代指竹子。

归乡后的田雯，远离官场的喧嚣，进入退休状态。给自己讨一份清静，好好休养身体，打发晚年时光，成为他的生活目标。

恰在这时，田雯的亲家——早年任国史院侍读、三十二岁就辞官回乡的萧惟豫送来了一筐亲自种的瓜果。这一年德州风调雨顺，萧韩坡的果园获得大丰收，田雯在《种瓜行赠韩坡》诗中云："瓜熟摘得千百筐""扛来送与山姜尝"。在众多的瓜果里面，一个"西洋"瓜的品种让田雯大为惊奇。

原来这种瓜的瓜面上有许多细纹，在田雯看来，就像篆体古文字。进士出身、一生喜欢新奇、喜欢探讨名物的田雯，看到这瓜皮上的图案非常感兴趣，马上切开一尝。"剖之如乳倾壶浆"，汁多瓤脆，非常甘甜。品尝着甘甜的瓜果，又看到萧惟豫硬朗的身板，引得田雯跃跃欲试："明年我亦学老圃，犁锄自操身手强。与君入山称瓜隐，徒骇水上歌沧浪。"田雯决定也学亲家的做法，种瓜、读书、吟诗、养生。

于是，他就在德州城东南马颊河北岸的杨胡店及刘集、沟李一带，购得两亩多地种瓜，并给自己的瓜园起了一个极富文化意味的名字——"瓜隐园"。田雯从此就在村中居住起来，很少去城中生活。因为得到亲家萧惟豫的指导，他也很快学会了种瓜，"绝奇觅得西洋种，皮色斑青蝌蚪书"，那个瓜皮上纹理既像篆体文又像蝌蚪文的西洋瓜，被田雯种植成功。因为田雯的巨大声望，这种西洋瓜引起了当地百姓的注意，德州的气候和古黄河冲击留下的沙性土壤很适合瓜果生长，于是人们开始大面积引种这种西洋瓜。不久以后，康熙皇帝南巡驻跸德州时，这种瓜瓤细致无丝、入口脆沙、含糖量很高的西洋瓜（也就是西瓜）被皇帝所认可，从此成为贡品。

田雯作为年老体衰、致仕回乡的封疆大吏，宦海沉浮一生，主要是借种瓜抛开世事喧嚣，从事农桑，回归自然，放松身心。他在《种瓜辞》一诗中说："种麦麦两岐，种瓜瓜五色"，"东陵之瓜美无俦，邵平元来是故侯"，引用了西汉邵平种瓜的典故。邵平在秦朝被封为东陵侯，入汉在长安城东种瓜为生，瓜有五色，味美。从田雯给自己的瓜园起的名字"瓜隐"也看得出来，他是以种瓜表达一种归隐田园的生活态度，但他没想到的是，自己让德州西瓜成为故乡的著名特产。

12.“矮卢”解嘲
一代宗匠卢见曾的故事

卢见曾（1690—1768），字抱孙，号雅雨山人，亦号澹园，山东德州人。康熙六十年（1721）进士，官至两淮盐运使。卢见曾学识渊博，经、史、文、诗、词、曲，以及古籍整理、注疏校勘等广泛涉猎，性情慷慨，爱才好客，身边名士咸集，流连唱和。乾隆南巡途经德州，御赐“德水耆英”匾。

卢见曾身材矮小，李斗的《扬州画舫录》中说卢见曾“工诗文，性度高廓，不拘小节，形貌矮瘦，时人谓之‘矮卢’”；袁枚在《随园诗话》中说：“卢雅雨先生长不满三尺，人呼‘矮卢’。”一次，卢见曾同友人游李广庙，大家又不约而同地谈起了身材和相貌的话题，盛赞李将军身材魁伟英武。再看卢见曾瘦小枯干，纷纷打趣。卢见曾当即赋《题李太守祠》一诗，诗云：“射虎祠堂祀战功，我来瞻拜认英雄。明禋别有千年相，不在封侯骨格中。”此诗借用“李广难封”的典故，巧妙地指出李广庙中的李广塑像自然身材魁梧，威风凛凛，尽管如此，却不具备封侯的资格，所以不能以身材论英雄。直隶总督那苏图称赞卢见曾“人短而才长，身小而智大”。

卢见曾出身德州名门望族卢氏家族。德州卢氏是明清时期运河区域兴起的最为显赫的文化世宦家族之一，一门八进士，举人、贡生、监生、庠生多达一百三十余人，有“六代八进士，一门三翰林"之誉。卢氏以耕读传家，以科举光耀门庭，进士举人如云，名卿显宦辈出，文宗宿儒亦不乏其人，是运河区域兴起的典型文化世家。

乾隆元年（1736），卢见曾被擢升为两淮盐运使，上任伊始，他兴学重教、改革盐政，触及了某些官、商的利益，一时"谤言"四起。卢见曾被弹劾，发配到塞外第二十五军台。消息传出，震动文坛，东南群儒为其鸣不平。高凤翰、张珩、叶芳林合作《雅雨山人出塞图》相赠，高凤翰首先在图上加跋，李葂、郑燮、吴延采、符曾等纷纷在图上题诗，表达对卢见曾的声援。卢见曾也在图上自题一诗，表明心志。这幅汇集众多名家题诗的画卷，证明了卢见曾在当时士大夫中的崇高威望。更有甚者，门生夏之璜、逸士汪履之等竟以身相随，跟从卢见曾出塞，侍其左右。

乾隆十八年（1753），卢见曾复任两淮盐运使，第二次主政扬州。他招贤纳士、兴学重教，文人学士纷纷奔赴扬州。卢见曾爱才敬贤，上至博学鸿儒，下至穷困潦倒的学士，他都有求必应，慷慨相助。吴敬梓穷困潦倒，客居扬州，卢见曾深爱其才，多方资助，最终助其完成不朽名著《儒林外史》。以惠栋、戴震为代表的经学家，以"扬州八怪"为代表的书画家，以鲍皋、袁枚为代表的风雅诗人，以钱陈群、程梦星为代表的致仕学者，以吴敬梓、金兆燕为代表的小说剧作家等各类文人学者，都聚集在卢见曾周围，形成了一个以卢见曾为旗手庞大的文人群体。乾隆二十二年（1757）三月初三，是传统"上巳节"，卢见曾邀集诸名士于扬州瘦西湖的"红桥"吟诗作赋，成为规模空前的文坛盛会，这就是清代著名的"红桥修禊"。卢见曾作七律，文人依韵相和者竟有七千人，最后编辑出的诗集达三百余卷，并绘《虹桥览胜图》以纪其胜，佳话传遍大江南北，成为中国诗歌史上的盛举。卢见曾也因此被士人所追捧，一时称为海内宗匠。

卢见曾酷爱古籍碑帖，曾得到《张迁碑》拓本，爱不释手。同年好友秦润泉向其索求，卢见曾不给，秦润泉便悄悄放入袖中顺走。卢见曾得知后，追到半路夺回。半月后，秦润泉突发疾病而亡。卢见曾前往拜祭，哭道："早知与君永别，悔恨当初，今日特来补过。"于是灵前取出《张迁碑》焚之。卢见曾还先后校勘、刻印古籍三十余种，统称《雅雨堂丛书》。其校勘之精细、刻印之精美，堪称我国古籍中的珍本、善本，至今仍在出版界、收藏界享有盛誉。

乾隆二十七年（1762），七十三岁的卢见曾告老还乡，过起了退隐生活。乾隆三十年（1765），乾隆帝南巡路过德州，特召见卢见曾，并亲书"德水耆英"匾额赐之。乾隆三十三年（1768），"两淮盐引案"发，卢见曾因曾长期担任两淮盐运使，遂被牵连，死于狱中。三年后，大学士刘统勋为其昭雪。

（二）德水育英烈

1. 舍孝报国

赵苞大义保汉疆

赵苞（？—178），字威豪，东汉甘陵东武城（今山东武城，一说河北故城）人。少年勇武好义，孝敬父母，口碑甚佳。

东汉桓帝、灵帝时期，外戚和宦官交替专权，尔虞我诈，争权夺势，朝政一片混乱。一些沉浮宦海之人争相趋炎附势，攀高结贵，拼命钻营。赵苞就在这一时期走上仕途，但他清廉寡欲，耻于与这些人为伍。

赵苞有个从兄叫赵忠，是个宦官。汉灵帝时，赵忠官拜中常侍。中常侍一职在东汉时期由宦官专任，传达皇帝诏令，掌管朝廷文书。张让与赵忠是中常侍的首领，受到灵帝刘宏的信任，把持朝政，气焰冲天，排斥异己，贪污腐败，卖官鬻爵。三国故事中有十个祸国殃民的宦官，被称为"十常侍"，赵忠就是其中之一。以张让、赵忠为首的权阉，胡作非为，架空了昏庸无能的汉灵帝，窃取了国家最高权力，横行霸道，祸害百姓。有人劝赵苞，你堂兄在朝中握有重权，何不与之交好，日后还怕享不到荣华富贵？赵苞却说，赵忠欺君罔上，误国害民，自己和他不是同路人，"生当孝于亲、忠于君，岂能与他们为伍！"许多官员夤缘巴结唯恐不及，赵苞却认为赵忠的飞黄腾达是赵家的耻辱，不但不逢迎巴结，而且坚持不跟赵忠来往。

东汉入朝为官的主要途径是由州郡按限额举荐孝廉和茂才（即秀才）。赵苞以勇武好义、贤孝廉直闻名乡里，被举为孝廉。赵苞初为广陵县令，任职三年，政教清明，政绩闻于朝廷。熹平五年（176），赵苞升任辽西郡太守，镇守东北边陲。赵苞在这里修缮城防，训练士卒，开垦土地，百姓生活安定，北方各部族不敢轻易进犯。

东汉末期，鲜卑首领檀石槐勇猛剽悍，经常率部入侵辽西。这一带的百姓年年遭受掠夺，人口死伤、财物损失不可计数。赵苞初任辽西太守的几个月里，边境遭受侵袭达三十多次。赵苞率部英勇拒敌，屡挫强寇，军威大振，有力地震慑了鲜卑部落。檀石槐视赵苞为眼中钉，时时处处寻找机会，企图除掉赵苞。

按照东汉制度，地方官到任的第二年就可以把家属接到任所。为了照顾父母妻儿，同时也是为了表达抗击鲜卑的决心、鼓舞士气，当年冬，赵苞派人到家中接老母和妻儿来辽西。不料，这一消息被鲜卑人刺探得知，他们在柳城（今河北昌黎）派出上万人马，将赵苞的老母和妻儿掳掠而去。

熹平六年（177），年关将至。鲜卑人押着赵苞的老母和妻儿来到辽西郡城下搦战。赵苞开城迎敌，看到阵前被绳索捆绑的老母和妻儿，心痛如绞。鲜卑人威胁赵苞母亲向儿子喊话劝降，赵苞悲号谓母曰："为子无状，欲以微禄奉养朝夕，不图为母作祸。昔为母子，今为王臣，义不得顾私恩，毁忠节，唯当万死，无以塞罪。"赵母亦临危不惧，大义凛然，大呼：

"威豪，人各有命，何得相顾，以亏忠义！昔王陵母对汉使伏剑，以固其志，尔其勉之。"赵苞不顾个人安危，舍生取义，深深感染了赵苞及汉朝将士。赵苞身先士卒，挥戈直取敌酋，汉军将士杀向敌阵，无不以一当十，大破敌军。在这场战斗中，赵苞的母亲和妻子不幸遇难，这就是历史上名扬千秋的"赵苞舍妻母大破鲜卑"的事迹。

赵苞之事传至朝中，朝野无不为之感动。汉灵帝亦为之动容，特许赵苞护送母妻棺柩归葬故里，并遣使吊唁，赐封赵苞为鄃侯。

母亲和妻子遇难，使赵苞痛不欲生，母亲的大义更使赵苞深感愧疚。葬礼毕，赵苞对乡亲们说："食禄而避难，非忠也；杀母以全义，非孝也。如是，有何面目立于天下！"说完，号哭呕血而死。

2. 血染征袍

赵叔皎誓死战金兵

北宋末年，宋金之战爆发。德州地处华北的咽喉要路，所以成为阻止金军南下的重要屏障，赵叔皎抗金就发生在这里。

靖康元年（1126）八月，金军趁秋高马肥之际大举南下，分两路进攻中原。十一月，攻陷了北宋都城东京，时任人上皇的宋徽宗和他的儿子宋钦宗都被俘虏。第二年，金军将皇宫及开封城劫掠一空，押解着二帝、后妃及百官三千余人退回北方，北宋由此灭亡，史称"靖康之变"。之后，宋钦宗的弟弟康王赵构在大臣李纲和老将宗泽等的拥戴下，在南京（今河南商丘）即位，建立南宋王朝，赵构就是宋高宗。

宋高宗即位之初，对国家军事做出了调整。任命主战派李纲为相，老将宗泽为帅，沿黄河一线布防。同时，加强对华北重镇的防御，原禁军将领赵叔皎被任命为德州兵马都监，镇守德州一线。

赵叔皎本是宋朝皇室宗亲的后裔。他自幼习武，立志报效国家、杀敌建功，志愿"马革裹尸还"，曾任禁军右班殿直。面对金人的侵扰，他主动请缨，被任命为德州兵马都监，镇守华北咽喉之地——德州城。

宋高宗赵构对金军畏之如虎，不听老将宗泽的苦劝，南逃到扬州，一心避战求和。而主战派李纲执政仅七十天就被罢相，老将宗泽也在忧愤中病逝，北边防御再次松弛下来，这给了金人可乘之机。金太宗完颜兀乞买任粘罕为帅、兀术为先锋，于建炎二年（1128）大规模南侵，德州首当其冲。

当时，宋军主要沿黄河布防，黄河以北兵力薄弱，非常空虚，因而河北州县很难自保。金军先以兵威招降河北州县。在金军压境形势下，河北守将刘顺、吕拱、刘亨等人准备降金，赵叔皎佯装与之同谋，以共商大计为名，将刘顺、吕拱、刘亨等诱至德州，将三人逮捕。然后，号召河北各州县联合起来，共同抗金，守卫疆土。相州（今河南北部安阳市与河北省临漳县一带）守将薛广、知州赵不试首先响应，与德州形成掎角之势，联合抗金。金军猛攻相州，主将薛广战死，知州赵不试率众顽强抵抗，由于众寡悬殊，相州危在旦夕。德州只有数千兵马，自保都捉襟见肘，根本无力分兵救援，而驻守黄河一线的宋军主力亦不发援军。相州城破，赵不试忠贞不屈，自杀殉国。金军攻破相州后，兵锋直指德州。

赵叔皎闻知相州城破，知州赵不试不屈殉国，悲愤交加，誓与德州共存亡，绝不降金。面对来势汹汹的金军，赵叔皎严阵以待。为鼓舞士气，打击金兵的气焰，他率精兵千人出城，利用敌人立脚未稳的时机，一鼓作气，对敌阵突然发起冲锋。赵叔皎身先士卒，宋兵无不以一当十，所向披靡，金军不能抵挡，后退十余里。

但金军的后援部队源源不断地开来，兵力是宋军的数十倍，将德州城团团包围，架梯攻城。赵叔皎登城指挥，先后击退金兵的六次猛攻。城下金兵尸横遍野，宋军也伤亡过半。但金军兵众粮足，宋军却兵寡粮缺，外无援兵，孤城难守，赵叔皎日夜坚守在城上，苦苦支撑。部将江喆与知州宗谅密谋降金，赵叔皎挥剑斩江喆，宗谅再也不敢言降。

赵叔皎在南门应战，但西门被金军攻破，赵叔皎率众急救，但为时已晚，金军蜂拥而入，赵叔皎与敌展开激烈巷战。金军将赵叔皎团团围住，赵叔皎誓死拼杀，手刃十余金兵，血染征袍，力竭被俘。他死前大骂不止，誓死不降，最后壮烈殉国。

3. 血战英国侵略军

民族英雄韦逢甲

韦逢甲（1796—1842），字毓春，清山东齐河县桑梓店镇三官庙人。道光十六年（1836），韦逢甲考中进士，接着被派往浙江，先后担任宣平（今浙江丽水）、余杭、浦江等地知县。他为官清正，勤政恤民，颇有政绩。

道光二十年（1840）六月，中英鸦片战争爆发。英国舰队在广东不能取胜，便沿海北上。七月，北犯浙江，攻陷定海。

道光二十一年（1841）正月，韦逢甲被调往镇海（今宁波东北）督造大炮。九月，再被调往乍浦（今平湖东南）团练乡勇，随即被任命为乍浦同知。上任后的韦逢甲，除"办理支应局务，雇募商船"，做一些后勤保障工作外，还仿照定海"土堡"之法，在乍浦近海村落修筑土堡，招募乡勇日夜训练。这一做法使得各土堡之间互为联络，一处遇警，各处支援。十月，定海、镇海、宁波相继失守。

道光二十二年（1842）初，英国侵略者集中兵力进犯海防重镇乍浦。四月九日，英军战舰先以康华丽号、布朗底号、摩底士底号、阿吉林号和西索斯梯斯号等七艘军舰及数千士兵，向乍浦发起猛烈攻击，攻打设置在各山寨阵地的炮台。接着，又以复仇神号、司塔林号、皇后号、哥伦拜恩号、伯劳弗号和菲莱吉森号等战舰作为掩护，兵分三路先后向乍浦发动进攻。其右路敌军，由英军中校马利斯率领，由爱尔兰联队第十八、四十九团，以及工兵等一千余人组成，妄图在乍浦的天后宫登陆。

当英军舰艇驶近天后宫时，清军在乍浦最高指挥官海防同知韦逢甲指挥下，火箭弓弩齐发，打得英军措手不及。一艘英舰被击中，一名上尉军官顷刻毙命，舰上英军纷纷落水，英军的第一次进攻被打退。稍作休整后，英军又接连发起两次进攻，均因遭到韦逢甲所率乡勇的强烈抵抗而受挫。丧心病狂的英军在另一路军队的配合下，马上对韦逢甲坚守的阵地发动了更加疯狂的第四次进攻。在英军的重重包围和炮火的猛烈攻击下，韦逢甲跃出城垣，手持大刀，冒着密集的枪弹，率领乡勇在海塘边与后退的英军白刃相见。激战中，韦逢甲左肋中弹倒在地上。部下正欲上前救护，韦逢甲猛然站了起来，抢起一根长刀，狠狠地向一英兵掷去，竟一刀砍下了那个英兵的头颅。韦逢甲终因伤势过重光荣殉国，死时四十六岁。

韦逢甲死后，道光皇帝特赐"守土为法""永垂为鉴"二匾额，命归葬故里。清廷追封他为"朝请大夫"，入祀昭忠祠，赏其子韦预为云骑尉，并世袭。韦逢甲的事迹也被载入《清史稿》《山东通志》《浙江通志》《齐河县志》等。

4. 辛亥志士

北方起义领袖王金铭

王金铭（1880—1912），字子箴，山东德州武城人，出生在武城县运河沿岸的一个普通农民家庭。九岁入本村私塾读书，十七岁弃学到天津洪瑞大钱庄当学徒。随着清王朝在中日甲午战争中惨败，中华民族的民族危机进一步加剧。十九岁的王金铭参加了袁世凯的"新军"，不久即升为副目（副班长）、正目（正班长）。1904年随军至山东，被提升为左哨哨长。1905年，调任北洋军第五镇第十八标一营前哨哨官。1906年，毕业于袁世凯在天津韩家墅创立的北洋陆军讲武堂；1907年，升任第一混成协第七十九标第一营帮带（副营长），移驻奉天（今沈阳）新民府。1908年，王金铭读到了《扬州十日》《嘉定屠城记》等反清书籍，有机会接受了孙中山的民主革命思想。同年，他与冯玉祥、施从云等人组织了革命团体"武学研究会"，以研究军事学科为名，秘密开展推翻清王朝的革命活动。

1911年10月10日，武昌起义爆发。11月11日，以王金铭、冯玉祥、施从云三人的名义向全国发出了主和通电，并与第一营管带施从云联合二十镇统制张绍曾，奏请清政府快速召开国会，成立责任内阁。王金铭与冯玉祥、施从云等派人去天津联系革命团体"共和会"，共同商定滦州起义的计划。后因消息走漏，起义被迫提前。

1912年1月2日，起义军成立北方革命军政府，王金铭被推举为北方革命军大都督，施从云为总司令，张建功为副都督，冯玉祥为参谋总长。同时将滦州州衙改为北方革命军政府，宣布废除宣统年号。

1月5日，王金铭率起义军官兵登车直指天津。当火车行至雷庄附近时，铁路被王怀庆提前破坏，导致火车脱轨。王怀庆趁机向起义军发起猛烈攻击，王金铭、施从云身先士卒，率部英勇还击。战至黎明，王怀庆部渐渐不支，遂邀请王金铭、施从云到雷庄车站议和。王、施二人还是希望说服王怀庆共同革命，遂不顾众将士劝阻，毅然来到了雷庄。王金铭、施从云等人一到车站，即被伏兵捕获。王怀庆按照袁世凯的电令，将王金铭就地处决。临刑时，王金铭骂不绝口，视死如归，年仅三十三岁。

王金铭牺牲后，被安葬于武城县东屯村的王氏祖茔。1924年10月，冯玉祥于北京中央公园（今中山公园）内为王金铭铸立铜像。1932年，冯玉祥在泰山普照寺修建了泰山滦州起义烈士祠，将王金铭等阵亡将士的牌位供于正面殿堂。1937年5月26日，南京国民政府分别于北京西山和山东泰山举行了隆重的国葬典礼，追任王金铭为陆军上将。

5. 大刀将军

抗战名将宋哲元

"失地收未回虎威昭垂芦沟月；绵阳惊不起鹃声啼破锦江春"。这副由周恩来同志题写的挽联，真切地表达了亿万同胞对抗日将领宋哲元的哀悼之情。

1885年10月30日，宋哲元出生在山东省乐陵县（今乐陵市）的赵洪都村。七岁从父读书，九岁就读于其舅父沈氏所设塾馆，十四岁又随父游学北京。十六岁时，宋哲元目睹了八国联军攻陷北京后烧杀抢掠的恶行，便立下了保家卫国之志。十七岁时，因生活所迫，辍学在故里教书。二十三岁的宋哲元见外侮交至，毅然投笔从戎，考入北京武卫右军随营学堂，毕业后任备补军一营哨长。后在冯玉祥部下转战南北，历任连长、营长、团长、旅长、师长、军长。1925年充任热河省都统，1926年任西路军总司令，1927年任陕西省政府主席。1931年，宋哲元部被正式改编为陆军第二十九军，宋哲元为二十九军军长。

1931年9月18日，日本侵略军炮轰沈阳，发动了蓄谋已久的侵华战争。22日，宋哲元及部下七名将领通电全国，呼吁四亿同胞奋起抗战，誓雪国耻。

1933年春，日本侵略军攻榆关、陷热河，进迫长城。宋哲元奉命率二十九军日行三百余里，从山西赶往通州、三河一带。3月6日，二十九军接到防守冷口以西至马兰峪长达三百余里的长城各隘口的命令。9日，日军趁我换防之机向喜峰口发动了正面冲击。二十九军将士以血肉之躯抗敌坚甲利兵，前仆后继，反复争夺，敌尸累累，阵地岿然。宋哲元命大刀队夜袭敌阵，发扬近战夜战优势，使日寇大炮被毁，终将骄兵挫败。十天之内，二十九军歼敌万余人。日军哀叹："喜峰口是皇军的坟墓，宋哲元是日本帝国的丧门星。"宋哲元及二十九军将士身背大刀，子弹打光时，就手持大刀与敌人肉搏，使敌人闻风丧胆。宋哲元也有了"大刀将军"的名号。

长城抗战，我前方将士浴血奋战，屡歼顽敌。但国民党当局坚持"攘外必先安内"和对日屈辱妥协政策，终以签订丧权辱国的《塘沽协定》而告结束。

1937年7月7日夜，日军在卢沟桥附近进行军事演习。深夜十一时许，日方谎称"丢失一名军官"，无理地要求进宛平县城搜查，公然向宛平县城开枪开炮，二十九军驻守桥北面的一连战士几乎全部壮烈牺牲。

26日起，日军开始大规模进攻，并发出最后通牒，限二十九军于二十四小时内退出北平。宋哲元率二十九军将士孤军奋战，坚决抵抗。28日拂晓，日军以倍我之兵力，配以飞机、坦克，向我南苑军营猛烈进攻，第一三二师师长赵登禹乘车向永定门撤退，行经大红门的御河桥时，遭到敌军伏击，以身殉国。二十九军副军长佟麟阁，率教导团学生军与日军进行殊死战斗，在二十多架敌机的狂轰滥炸中牺牲。在卢沟桥这块弹丸之地，我二十九军官兵面对数倍于我且装备精良的日军，同仇敌忾，浴血奋战，坚守卢沟桥二十个昼夜。但蒋介石下令撤退，将整个华北拱手让给了侵略者。

二十九军被迫撤退后，改编为第一集团军，宋哲元任总司令，布防于津南、沧县一带。不久，宋哲元又被委任为第一战区副司令长官。这位抗日爱国将领常年率军作战，日夜劳瘁，肝病复发，加之忧虑战事，病情急剧恶化，不得不离职休养。

1940年4月5日，宋哲元病逝于四川绵阳。国民政府追赠他为一级上将，安葬于绵阳富乐山，并为其立起一座高大的"神道碑"，冯玉祥、沈尹默、于右任为墓碑题词。

6. 血砺忠义

抗日英烈戚烽

戚烽（1921—1942），武城县杨庄乡戚庄村人。父亲戚夯是爱国知识分子，戚烽在父亲的熏陶下，自幼便有报国之志。1937年，七七事变爆发，10月德州沦陷，戚烽随父投入抗日救亡运动中。1938年，他加入中国共产党，并在戚庄村建立了中共支部。同时，他团结爱国进步青年，深入群众，大力宣传中共的抗日救国主张，揭露蒋介石、汪精卫的卖国真相，号召人民群众团结起来，赶走日本侵略者，不当亡国奴，并积极筹建人民抗日武装。

1938年4月，八路军一二九师东进抗日纵队挺进冀南和鲁西北地区，在河北省南宫县成立冀南军区。同年8月，根据八路军冀南军区的指示，戚烽与其父亲戚夯，以及中共党员韩强、王新等人，组建起武城县第一支人民抗日武装——戚庄抗日游击小组，戚烽任组长。

1939年6月，组建武城抗日游击队，戚烽任队长。他身先士卒，率队员们英勇杀敌。他们刀铡汉奸伪乡长戚士枝，袭击日伪据点，炸汽车、割电线，不断袭扰日伪驻军，沉重地打击了日伪军和汉奸，为开辟武城抗日根据地做出了突出贡献。

1940年5月，日伪军将戚烽的姐姐和妻子抓去，作为人质扣押，企图动摇戚烽抗日救国的意志，迫其率部投降。面对日伪军的威胁，戚烽坚定地表示："就是把姐姐和妻子全杀了，我抗战到底的决心也丝毫不会动摇！"此后，戚烽作战更为勇敢，常独自一人深入虎穴，捉汉奸，惩凶顽，使日伪军和汉奸闻风丧胆。

1942年12月27日，武城县大队由戚烽带领，在毛店村休整过后准备过元旦。县大队的行踪被日伪特务刘连方暗中盯梢，队员们刚住下，刘连方即刻向日军秘密报告。日军驻禹城总团部司令山田和武城伪县知事吴寄朴纠集了武城、恩县、禹城的日军五百余人、伪军八百余人，于28日晨兵分四路前往毛店村，妄图包围县大队。由于刘连方跟踪引起了县大队领导的注意，日伪军还未将毛店村包围，县大队就已发现了敌情，戚烽等人带领县大队转移。经过杨庄到达水坡村北交通沟时，发现前面出现大队日伪军。戚烽和基干连指导员林绍顺带两个班留下掩护，基干连连长戚平带领县大队主力沿交通沟向西南突围。上午8时许，戚烽指挥队员们首先向附近的日军扫射，机枪手戚宗路架好机枪猛扫，日伪军遭到突然攻击倒下一片。日军指挥官见此情景，拔出战刀指挥日伪军一齐向戚烽等人压过来。日伪军在迫击炮、轻重机枪火力的掩护下，来势凶猛。戚烽带领队员们连续打退敌人五次冲锋后，命令林绍顺带一部分队员向杨庄北方向突围、县大队特派员刘振亚带着文件包从另一个方向设法突围，自己则带一个班留在原地继续阻击敌人。中午12时，日伪军分五路又发起第六次冲锋。激战中，机枪手戚宗路身负重伤，腿被打断，肠子从腹内流出仍坚持战斗。戚烽腰部负伤，子弹也快打光了。通讯员要背着他突围，戚烽坚决不肯。这时，阻击日伪军的队员已全部牺牲，日伪军涌上来，离戚烽只有五十米。日军诱劝戚烽投降，戚烽痛斥日伪、汉奸，把机枪砸坏，猛地冲上去和敌人搏斗，直到生命的最后一刻。是年，戚烽只有二十一岁。

戚烽牺牲后，他的父亲戚夯含泪写下"对党对国对民族赤胆忠心；对父对母对人民尽忠尽孝"的挽联。当地人民群众编了一首民歌赞颂这位抗日英雄——山东武城县，戚烽英名传。忠心为抗日，洒尽血和汗。中华好儿郎，宁死腰不弯。坚如顶天松，永立运河边。

（三）平凡中的伟大

1. 逼子违令放赈

何家老太太的义举

乾隆二十六年（1761），德州运河水决，城里城外一片汪洋。城里老百姓的房子被水淹没，只好扶老携幼登上城墙搭窝棚暂住。史籍记载，水没城砖二十层，各门皆屯土以卫。山东督粮道颜希深督率文武以保城池、仓库。忽西门内水从沟突，势如泉涌，军民惊慌无措，德州营守备徐世恩首先跳入水中，解衣塞源，蹲坐其上，兵众齐堵。水淹村民器物，随水漂流……

半个多月后，水还没有退，更严重的问题摆在面前：老百姓家里的粮食全吃光了，眼看着就要饿死人。老百姓自家的粮食吃完了，难道官仓也没有粮了吗？其实，当时官仓是有粮的。山东督粮道衙门的官仓就设在城内，但督粮道台颜希深因不愿意背上"擅动仓谷"的罪名而不敢放粮。就在此时，颜希深七十多岁的老母亲何太夫人听说儿子不敢做主放粮，非常生气。她把儿子叫到家中质问道："老百姓眼看着就要饿死了，你为什么不开仓放粮？"

颜道台说："母亲有所不知，朝廷有明文规定，开仓放粮必须先向上级申请，经批准后才能放粮。否则，擅自放粮可是重罪呀！"

老太太说："这都什么时候了，你还拘泥于这些常法！为什么不能来个特事特办？"

颜道台说："再等等，我派人请示一下山东巡抚再说吧。"

老太太一听更来气了，说道："几十万老百姓就要饿死了！你不能再犹豫了，快点开仓放粮吧！如果朝廷怪罪，就用咱老家的宅子和地补上吧！大不了，你的官不当了，咱回家种地不就好了！"

颜道台见母亲如此深明大义，也不好再说什么，回去便组织人打开官仓放粮。领取救济粮的人排成了长队，他们纷纷夸赞颜希深是位好官，可颜希深却说这是朝廷念及百姓困难让自己这么做的。不明真相的群众，一边排着队，一片举着手高呼"皇上万岁"。

颜希深开仓放粮的举动，解除了百姓的燃眉之急，使数十万德州灾民顺利渡过了难关。此事很快传到了济南，山东巡抚认为，颜希深未经请示擅动官仓，是蔑视国家法律的严重事件，便立刻将此事上报给乾隆皇帝，请求弹劾颜希深并对何老太太治罪。乾隆皇帝接到这份奏报后，非但没有动怒，反而被何老太太的担当所感动。他愤然在奏折上批道："汝为封疆大吏，有如此贤母良吏，焉能不保举而反参劾？"随后乾隆降旨，颜希深已发出去的仓谷不需赔补，而且特赐颜母三品诰命大人。

2. 白面堵决口

舍利取义的解宝岐

　　"白面嘴"又叫"白面口子""白面口袋",是指运河西岸代官屯村西南一里长的堤坝,它的得名源自一个古老的真实故事。

　　这段河道有一个回转弯,水流直冲河西大堤后又拐向东南,每到南运河洪水泛滥时,大堤就要承受很大的压力,是出名的险工之地。明初,堤下住着德州正卫右所第三屯,士兵们边种田边守护着运河漕运船队的安全。后来随着人口越来越多,便分为东西两个第三屯,简称"东第三"和"西第三"。入清以后,清廷认为明代军屯制度虽然节省了国家的军费开支,但大大削弱了军队的战斗力,所以除保留必要的运军之外,其余的全部废除,原来在此屯田的军户就地转化成民户。其中解氏家族头脑灵活,在经营土地的同时,开起了以加工面粉为主的磨坊。后来生意越做越大,在城里米市街买下铺面,专售自家磨坊加工的面粉。

　　清雍正年间一年的秋天,南运河和往常一样闹起了大水,严重影响朝廷漕运和人民群众的生命安全。一天,解家磨坊的解宝岐先生赶着装满白面的大车要去城里的铺子送面。他赶着牛车出了村,一路顺着河堤向北走,要到北面的许家渡口去过河。当他走到代官屯南大运河的拐弯处时,突然发现运河大堤上有一处管涌,涌出的河水已经冲开一条小水沟,并急速向堤外流去。眨眼之间，冲出的小水沟迅速加宽加深，水沟里的水流流速也越来越快，眼看着就要决口溃堤，危在旦夕。世代生活在运河边上的解宝岐先生见后惊出一身冷汗，他深知"蝼蚁之穴，可溃千里之堤"，如果不把管涌及时堵住，顷刻间堤下几十里之内百姓的家园和农田里的庄稼将全部被河水淹没。情急之下，解宝岐高声叫喊着："这里开口子了，大家快来呀！"与此同时，他毫不犹疑地将车上的面粉整袋整袋地抛进泉涌处，暂时遏制了泉涌和水沟的扩大。随之，周围的村民闻声赶来，快速对泉涌处进行了抢修加固，运河大堤保住了，百姓的生命和财产保住了。人们看到，是解宝岐先生急中生智，奉献了整整一车白面，才避免了一场水灾。大伙对他这种在灾难面前能够牺牲个人利益而保全大家的行为赞不绝口，可解先生却说这是他应该做的，随即赶着空车返回了第三屯。

事后，附近几个村的百姓为了感激解家，为其送上了"舍面救堤"的金字牌匾，也有的村主动给他家送麦子，可解家执意不收。各村主事经过商量，将此事上报了当时的德州州府。受到感动的德州知州下令赔偿赶车人白面一车，并将此处河堤命名为"白面嘴险工"。

3. 地道藏伤员

冀鲁边区革命母亲常大娘

在枣乡乐陵，有这样一位老人，虽然她已离开我们近五十载，但每每回忆起那段峥嵘岁月，枣乡人都会情不自禁地想起她，向每一位初至枣乡的来客自豪地讲述她的故事。她就是革命母亲常大娘。

常大娘本名刘相会，1891年生于乐陵市刘玉亭村，家境贫寒，九岁时到朱集镇大常村给聋哑人常培仁当童养媳。七七事变后，枣乡大地掀起了抗日高潮，深明大义的常大娘携全家义无反顾地投入抗日斗争。

1938年，日军铁蹄踏入乐陵，成千上万的枣树被砍伐，取而代之的是日军的炮楼、据点。肖华司令员率八路军东进，抗日挺进纵队进入冀鲁边区，广泛发动群众抗日。四十七岁的常大娘带领全家积极照顾伤员、掩护八路军战士。当时肖华司令员的指挥部就设在朱集镇大常村常大娘家里。

当时常大娘正处中年，有四个儿子、两个女儿。她和丈夫常培仁及儿女白天站岗、放哨、送情报，帮助伤病员做饭、洗衣服、处理伤口；晚上不辞辛劳地挖地道，先后挖了三条地道，确保伤员及指挥部同志们的安全。

组织干事袁宝贵被送到常大娘家养伤，他身上长满疥疮、手脚溃烂，常大娘日夜为他擦洗、喂水喂饭。十五天后，袁宝贵康复了，他含泪说："您就是我的亲娘！"渐渐地，来常大娘家养伤、开会的八路军战士，都由衷地叫她一声"娘"。

战争形势越来越严峻，为了更好地隐蔽和照顾伤员，同时为八路军提供安全的会议场所，1942年，冀鲁边区党组织决定在常大娘家挖掘地道。为防止被发现，常大娘一家人只能在晚上行动。每当夜幕降临，常大娘就带着二儿子和女儿挖地道，老伴常大爷在上边倒土，小儿子在村里放哨。因为常大爷是聋哑人，常大娘便找来一条绳子拴在他腰上，洞下装满土，常大娘就拉一下绳子，常大爷便把土车拽上来。这样夜夜赶工，一条长六十米、可容纳一百多人的地道终于挖成了。地道内设置了区委、县委书记工作处，还有开会处、粮食枪支存放处、文件存放处等。有了地道的掩护，常大娘家成了冀鲁边区地委和靖远县委的机关驻地。过来开会、养伤的战士越来越多，最多时一天住了一百二十多人，常大娘一天最多做了十七顿饭。

敌人察觉到异常，但数次到常大娘家搜查都抓不到人。他们用枪托打常大娘，把她的头往墙上撞，常大娘咬紧牙关，没有透露半个字。在抗日战争最艰苦的阶段，她曾几次遭受敌人的严酷拷打，但她从未向敌人屈服和出卖组织。

抗日战争胜利后，中共渤海区第一地委奖给常大娘一面锦旗，上书"向在八年抗战中立下不朽功勋的革命妈妈常大娘致敬"。

中华人民共和国成立后，她仍然以务农为主，从不向组织伸手。1972年她病重期间，县里主要负责同志去看她，问她有什么要求，她说她唯一的要求就是申请加入中国共产党。不久，县里派人在她的病床前郑重宣布她已正式被批准为中国共产党党员。1974年常大娘去世，享年八十三岁。1975年肖华司令员来乐陵视察工作，赋诗一首，表达了对革命母亲的无限怀念。

常大娘一生只知默默奉献，从不向政府索取什么，更没有丝毫骄傲。她平凡而伟大的事迹，世世代代在枣乡传颂。

常大娘和她挖的地道

4. 掏大粪的人民勤务员

全国劳模时传祥

时传祥，1915年出生于山东省齐河县赵官镇大胡庄一个贫苦的农民家庭。1930年，十五岁的时传祥逃荒到北京，因生活所迫当了一名掏粪工。生活在社会最底层的他，在粪霸的压迫与欺凌下一干就是二十年。

新中国成立后，工人阶级当家做主，1952年时传祥加入了北京市崇文区清洁队。北京市人民政府为了体现对清洁工人劳动的尊重，不仅规定他们的工资高于其他行业，而且想办法减轻掏粪工人的劳动强度，改善了运输工具。新中国给了他做人的尊严，感受到尊重与平等的时传祥对党充满感激。他竭尽全力带领环卫工人为市民服务，提出了"工作无贵贱，行业无尊卑；宁愿一人脏，换来万人净"的口号。在那些年里，他几乎放弃了节假日，有时间就到处走走看看，问问闻闻。哪里该掏粪，不用人来找，他总是主动去。不管坑外多烂，不管坑底多深，他都想方设法掏干扫净。

他合理计算工时，挖掘潜力，把过去七个人一班的大班，改为五个人一班的小班，带领全班由过去每人每班背五十桶增加到八十桶，他自己则每班背九十桶，最多时每班掏粪背粪达五吨。管区内居民享受到了清洁优美的环境，而他背粪的右肩却被磨出了一层厚厚的老茧。他在心中记住了一个朴实的道理：掏粪也是社会主义建设事业的一部分。他以主人翁的姿态，以"搞好环境卫生，美化人民首都"为己任，肩背粪桶，走家串户，利用公休日为居民、机关和学校义务清理粪便、整修厕所。他把掏粪当成十分光荣的劳动，以身作则、以苦为乐，不分分内分外，任劳任怨、满腔热情，全心全意为人民服务。

刘少奇接见时传祥

1955 年，时传祥被评为清洁工人先进生产者，1956 年他加入中国共产党，1958 年当选为北京市政协委员，1959 年被选为全国劳动模范。尤其是 1959 年，时传祥作为全国先进生产者参加了在北京召开的全国"群英会"。10 月 26 日，当时的国家主席刘少奇在人民大会堂握着他的手说："你掏大粪是人民勤务员，我当主席也是人民勤务员，这只是革命分工不同。"时传祥激动地表示："我要永远听党的话，当一辈子掏粪工。"从此，时传祥更加热爱本职工作，工作更加勤奋努力。

1975 年 5 月 19 日，时传祥去世。去世前他曾将四个子女叫到身边，对孩子们说："我掏了一辈子大粪，旧社会被人看不起，但我对掏粪是有感情的。我向主席汇报工作时说，各行各业都需要有人接班，我唯一的愿望是你们接好我的班，这个班不是我个人的班，这是党和国家的班。"

5. 舍己救人

新时代军人楷模孟祥斌

孟祥斌，1979 年出生于山东省齐河县刘桥镇刘桥村的一个农民家庭，生前系解放军某部副连职中尉军官。2007 年 11 月 30 日，他在浙江金华通济桥下奋不顾身救下一跳江女青年，自己却耗尽力气沉入水中壮烈牺牲，年仅二十八岁。2007 年，他先后被追授为全省道德模范和德州市道德模范。2008 年 1 月，又高票当选"感动中国 2007 年度人物"。2009 年 5 月，中央军委追授孟祥斌"舍己救人模范军官"荣誉称号。他还被评选为第二届全国道德模范。

孟祥斌出生在山东，是一个普普通通、忠厚老实的小伙，他有着山东人典型的豪迈性格，从小就充满了正义感，愿意打抱不平。中学毕业后，孟祥斌选择入伍成为一名军人。

在部队的几年里，严谨自律的部队生活让他感受到了一种归属感，他努力训练，严格要求自己，经过几年的奋斗，晋升为副连职中尉军官。

由于部队实行封闭式管理，孟祥斌和家人经常处于两地分居的状态，虽然他和妻子有了一个可爱的女儿，但是他能陪伴在妻女身边的时间少之又少。一家人团聚，大多是在妻子带着女儿来到部队探望孟祥斌时，以及他少得可怜的休假时间。

2007年11月，孟祥斌因为工作原因，已经整整三个月没有休过假了。11月29日，孟祥斌的妻子带着他们三岁大的女儿来部队探望他。部队领导体恤孟祥斌的辛苦，特意给他放了假，让他和妻女出去逛逛街，团聚一下。

孟祥斌和妻子带着女儿准备去金华婺城区逛商场，经过通济桥的时候，他们被人群中嘈杂的叫喊声吸引住了。只见几个路人围在桥边，一边急切地向江中张望，一边向四周大喊："快来人啊！有人跳河了！快来救命啊！"

孟祥斌听到呼救声，二话没说，将怀中的女儿交给妻子，脱下身上厚重的衣物，直接扎进水里。此时正是冬天，湖水中刺骨的寒冷向孟祥斌袭来。江中有一名女子正在挣扎，孟祥斌快速游向女子，伸手想要将她拖上岸。可是女子过于惊慌，拼死挣扎，一时间孟祥斌根本无法近身。

冰冷的江水带来深入骨髓的痛感，在水中多停留一秒，就是对身体的极限多一分挑战。孟祥斌一直试图安抚女子，试图将她带离，但是由于女子不停地挣扎，孟祥斌的体力快速下降。最后实在是没有办法，孟祥斌只能从下方将女子托起来一点点向前游动。短短十几米的距离，却好像相隔了千山万水。

　　渐渐地，孟祥斌的手臂抬不动了，呼吸也变得困难起来。就在他马上就要坚持不住的时候，救援人员终于赶到了。孟祥斌用尽全身最后一丝力气将女子交到救援人员的手上，而他自己却慢慢沉入水底，永远离开了。

三

文明遗珠

德州历史悠久，千年古运河沉淀下了丰富的文化遗产。这里有全国保存最为完好的外国国王陵寝、汉代大儒董仲舒读书的高台、有"北方都江堰"之称的四女寺水利枢纽、明代四大官仓之一德州漕仓遗址、原生态的古运河河道，以及千年古码头……1988年，苏禄国东王墓被国务院公布为第三批全国重点文物保护单位。2013年，南运河德州段、四女寺水利枢纽、德州运河码头被列为第七批全国重点文物保护单位。2014年大运河申遗成功，南运河德州段被列入世界文化遗产。

（一）古迹寻踪

1. 董子读书台

董仲舒读书遗迹

董仲舒（前179—前104），经学大师、哲学家、思想家，西汉广川（今河北景县）人。为纪念董仲舒，后人在他读书讲学之地建立了董子读书台。

读书台在旧德州城小西门（广川门）外廻泷坝附近，因董子著《春秋繁露》，后人也将其称为"繁露台"。董子读书台为什么建在德州呢？这得从明中期发掘出"董子读书台"碑刻说起。

乾隆《德州志》和民国《德县志》载：明正统六年（1441），德州知州韦景元修学宫（文庙），掘地时偶得石碑一方，上刻"董子读书台"五个字，为隋朝的碑刻，于是在其故址复建。这就是董子读书台的来历。

董子是否来过德州，并无确切记载。清代大儒田雯所著《长河志籍考》记载：德州（今德城区一带）在汉代属"广川县地"，董子可能来到过这片土地，所以后人在其读书之地建台纪念。也有人推测，隋文帝时，由于原广川县城被大水所毁，东移八十里建新县，仍叫广川县（治今德城区运河西）。旧广川县古迹被移至新广川县，德州从此便有了董子读书台。

董子读书台

明朝成化九年（1473），知州王缙于读书台后营建祠堂八楹，将董仲舒与其他德州乡贤合祀，建立董子祠，名曰"聚贤祠"。弘治八年（1495），山东参政林先甫巡视德州，扩修董子祠并重筑读书台。万历四十三年（1615），知州马明瑞将年久失修的读书台和董子祠一并移至西门外、古运河东岸的一块高地上，同时还修建了一个书院——醇儒书院。康熙四十八年（1709），山东督粮道朱廷桢对书院重加修葺，因处柳湖旁，遂改称"柳湖书院"。柳湖书院有一副名联——"院外桃李白间红；门内杨柳眠东风"，刻画的是柳湖书院清雅的环境和悠悠的文化情结。从此，读书台、董子祠、柳湖、柳湖书院错落有致，相互临映，古朴典雅，景色宜人，成为德州的一大人文景点。台祠西侧运河蜿蜒，柳湖岸边杨柳婆娑，南来北往的钦官巡按、文人墨客及赶考举子经过德州，无不到此游赏。田致《陵州四时词》云：

> 柳湖西畔御河隈，芦荻萧萧两岸苔。
> 酒户词场多少客，登高齐上读书台。

清朝康熙、乾隆皇帝历次南巡驻跸德州，留下歌咏德州及读书台的诗歌多达七十九首，其中歌咏董子读书台最为著名的是乾隆皇帝于乾隆二十一年（1756）所作七绝《繁露台》诗：

> 天人三策对贤良，已见春秋大义彰。
> 那更高台演繁露，转思董子失之详。

近代以后，由于连年战乱，年久失修，董子读书台逐渐沦为一片废墟。20世纪90年代以后，复建董子读书台的呼声不断高涨。目前，以董子读书台为核心的董子园风景区已经建成。景区内河湖相连，花木扶疏，读书台气势恢宏，董仲舒雕像巍然屹立，"柳湖书院""三策固本"牌坊庄重典雅。一年一度的祭董大典暨董子文化研讨会，更使文脉赓续，绵延流长。

2. 苏禄国东王墓
运河畔的南洋王陵

苏禄国东王墓位于德州城北运河之畔，由王陵、享堂、御碑亭、牌坊、碑廊组成，是全国保存最为完好的外国国王陵墓，也是大运河上最为特殊的文化标识，是海丝文化与运河文化交融的结晶。这个外国国王墓为什么会在德州呢？苏禄国东王又为何来此呢？这得从明朝郑和下西洋说起。

明朝永乐年间（1403—1424），郑和七下西洋，曾遣使出访菲律宾群岛南部的苏禄国（今菲律宾苏禄省），为两国架起了一道桥梁。苏禄王对明廷心悦诚服，决定入华朝贡。当时的苏禄由东、西、峒三大部落组成，共推苏禄国东王为部落联盟首领。永乐十五年（1417），苏禄国东王巴都葛叭答刺、西王麻哈刺叱葛刺麻丁、峒王巴都葛叭刺卜率领眷属陪臣三百四十余人，组成庞大的友好使团，携带珍珠、宝石、玳瑁等礼物，沿海上丝绸之路万里来朝。经过两个多月的航行，历尽千辛万苦到达中国。

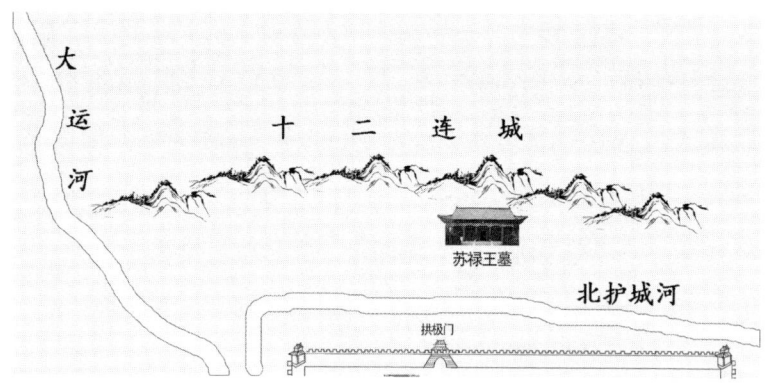

明朝苏禄王墓位置示意图

面对阵容如此强大的外国使团，明成祖龙颜大悦，在奉天殿举行盛大仪式，赐封巴都葛叭答刺为苏禄国东王，麻哈刺叱葛刺麻丁为苏禄国西王，巴都葛叭刺卜为苏禄国峒王。三王之中，以东王为尊；赐予金银、绫锣、印诰、袭衣、冠带等物。苏禄国东王一行在京二十七日，受到了明朝廷空前的礼遇，享国宴、听雅乐、观杂戏、游名胜，不亦乐乎。

永乐十五年八月底，苏禄使团圆满完成访问使命，离京回国。沿运河南下，过通州、天津、沧州，于九月上旬到达德州。苏禄国东王巴都葛叭答剌突患急症，救治无效，于永乐十五年九月十三不幸辞世。

苏禄国东王病逝德州的消息传到北京，明成祖不胜哀痛，敕谕安慰随行眷属，即派礼部郎中陈士启携《谕祭文》赶赴德州，建墓修祠，以王礼厚葬。

关于墓址的选择，今北营村流传着一个故事：苏禄国东王病逝后，明成祖下圣旨择地安葬，在附近用秤称土，哪里的土重，说明哪里的土质好，就把东王安葬在哪里。称量的最后结果是，德州城北十二连城处的土最重，于是便把东王安葬在了这里。这是一个美丽的传说，表达了后人对苏禄国东王的尊敬，也寄托了人们希望用最好的吉壤来安葬他的愿望。

苏禄国东王墓

苏禄国东王墓以王礼修建，前殿后墓，坐北向南；自前而后依次是牌坊、神道碑、华表、石像生、享殿、宝顶等，中轴布局，东西配殿左右拱卫。永乐十六年（1418），明成祖敕令为苏禄国东王树碑立传，并亲书碑文，这就是迄今保存完好的苏禄国东王墓最为宝贵的历史文物——御制苏禄国东王碑。碑通高2.475米，阔1.075米，上有螭首，下有龟趺。碑额篆刻"御制苏禄国东王碑"，碑体镌刻阴文楷书碑文，共18行577字。历经六个世纪的风风雨雨，字迹仍苍劲有力，依稀可辨。

苏禄国东王去世后，明成祖对其后事做了妥善处理：赐封王长子都马含为苏禄国东王，率团归国；特许东王妃葛木宁与王次子安都鲁、三子温哈剌及从者十人留华守墓，以安慰逝者，昭示来者。从此，王子、王妃便以大明国宾的身份客居中国，安居齐鲁大地，浸润华夏文明，逐渐与当地融为一体。王子安都鲁、温哈剌的后代，分别取"安""温"为姓，繁衍生息，在德州城北形成了一个独特的守陵村落——北营村。清朝雍正年间，苏禄国东王后裔正式以温、安为姓入籍德州，从而结束了在华客居时期，成为中华大家庭的一员。明永乐年间至今，其在华后裔已繁衍至二十二代，在世者约有三千七百人。每年苏禄国东王祭日，其后裔代表都会齐聚苏禄国东王墓，举行家祭大典。

德州苏禄国东王后裔是有历史记载的、传承至今的全国唯一一支海外君主留华后裔。苏禄国东王墓及苏禄国东王后裔是海丝文化与运河文化交融的结晶，是中外友好往来的历史见证。

3. 九龙十八弯

世界文化遗产南运河德州段

南运河德州段源于隋朝永济渠,已有一千四百余年的历史,是原生态的古河道。河道蜿蜒曲折,故有"九龙十八弯"之称。

南运河德州段自四女寺至第三店全长四十五公里,而四女寺到第三店的直线距离不过二十五公里左右,可见这段运河的曲折。过四女寺往北,依次是蔡庄圈、齐庄圈、罗家圈、芦家圈、地南圈、堤西圈、花园圈、马家圈、杨家圈(20世纪50年代取直)、旧河圈(乾隆年间取直)、皇殿圈(雍正年间取直)、北厂圈、闸子圈、哨马营圈、程何庄圈、胡官营圈、杨庄圈、丰乐屯圈等近二十个大弯。其中以城西马家圈弯度最大,河道呈"Ω"形,"口"小"肚"大,俗称"葫芦圈"。

过去有"九望德州"之说。纤夫们徒步拉着船,自北而南逆水而来,当他们远远地望见德州城时,以为看到了希望,但很快就进入弯道,拐进了大圈中,再抬头便看不见德州城了。走了半个时辰,才转出了大圈,终于又望见了德州城。可很快又拐入弯道,德州城再次消失在视线中……转完九个弯道,看到德州城九次,即所谓"九望德州"。久而久之,在纤夫口中,流传着这样的船工号子:"过了闸子村,首望德州城;二望老虎仓,三望过北厂;四望银瓦寺,城门人来往;五望廻泷坝,寺里警钟响;六望过皇殿,七望豆腐巷;八望杨家圈,九望南陈庄。"

南运河德州段九龙十八弯"龙形"走势

　　康熙皇帝南巡，也留下了"三望苏家楼"的典故。康熙四十二年（1703），康熙皇帝南巡，回宫途中，沿运河水路北行，御舟行至运河唐留里，便是接连三个大圈。刚转出第一个大圈，康熙看到前面有一座高高的塔楼，便问道："这是什么楼？"陪驾的地方官回禀道："万岁，这是苏家楼。"然后，御舟拐进第二个大圈，半个时辰才出来，结果前面又出现了一座高高的塔楼，康熙又问，地方官回禀仍是苏家楼。御舟便拐进第三个大圈，又过了半个时辰出来后，再次看到一模一样的塔楼，康熙三问，地方官回禀还是苏家楼。康熙在三个不同地点、三个不同时间看到了同一座塔楼，留下了"康熙三望苏家楼"的佳话。康熙帝的"三望""三问"，形象说明了这段河道的蜿蜒曲折。

　　依着河道的走势，河堤如游龙般蜿蜒。廻沦坝位于旧德州城小西门外，明万历四十年（1612）由德州知州孙森修筑。大坝弯若游龙，腾跃回转，蔚为壮观。

今天,运河德州段古河道、大堤、险工等完好地保存了下来。2013 年,南运河德州段被列入第七批全国重点文物保护单位。2014 年大运河申遗成功,南运河德州段被列入世界文化遗产名录,其中包括运河东大堤。运河东大堤完整地保留着运河古韵和原生态特色。堤防走向依河就势,弯弯曲曲,周围草木繁茂,古槐苍劲,垂柳依依,既吐露着岁月的沧桑,又焕发出时代的生机。

4. 四女寺枢纽

卫运河最大的水利工程

四女寺扼卫运河之咽喉,有"九河汇流"之胜和"北方都江堰"之誉,其水利枢纽是运河水工文化的代表。四女寺扼卫运河河口,并由此分流。南运河、岔河、减河导卫运河之水,在此形成"三河分流"的枢纽。

四女寺水利枢纽

明清时期,漳河自河北馆陶徐万仓与卫运河合流,水量大增,自西南往东北滚滚而下,在四女寺折向北流,形成大拐弯。过去,这一带叫"八里溏",中央有一险滩叫"银钉扣儿",银钉扣儿前形成一个大漩涡,漩涡下便是"老鼋坑"。当地人传说，老鼋坑深不见底，下面住着一个大王八，即老鼋，是龙的九子之一，在此镇守。老鼋法力无边，神通广大，可呼风唤雨。据传农历六月二十三是它的生日，这天附近村民都到此给老鼋上大供祝寿，祈求平安。船家到此，更是诚惶诚恐地上供，以求平安驶过。每至夏季汛期，这一带极易决口，水患不断。

为解除水患，明朝弘治三年（1490），户部侍郎白昂治卫，开挖四女寺减河（亦称"南支河"），上起四女寺卫运河闸，东行十二里入老黄河故道。同时，在四女寺减河口筑四女寺减水闸。明嘉靖年间，重修水闸。四女寺减水闸的修建便于控制运河水位，通过水大开闸泄洪、水小关闸来维持运河水位。

清初，四女寺减河淤塞，闸座废坏，因而山东、直隶一带运河经常泛滥。康熙年间，礼部尚书张伯行曾建议修复四女寺减水闸及减河。当时减河早已淤平，河道已为百姓佃种，修复工程浩大，实施困难。康熙四十四年（1705），四女寺减河及水闸重建，不久又复淤废。至雍正四年（1726），内阁学士兼礼部侍郎何国宗再次建议疏通四女寺减河。雍正八年（1730），将原减水闸改建为减水坝（也叫"滚水坝"），宽八丈，坝脊高河底一丈一尺。乾隆二十七年（1762），因泄水不畅，将坝展宽四丈，落低一尺六寸。乾隆二十八年（1763）又展宽十二丈，共计十孔，各孔间有矶心（消力墩）。

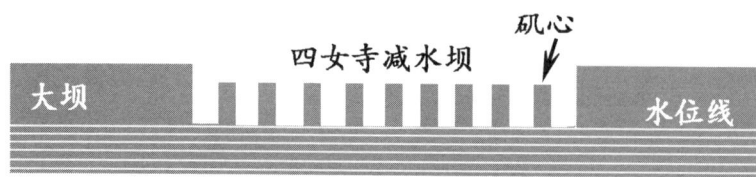

清代四女寺减水坝剖面示意图

民国时期，减河淤塞，滚水坝废弃，大运河屡决，水漫德州。新中国成立后，于20世纪50至70年代大规模治理减河，疏浚拓宽，加固堤坝，减河行洪能力大大增强。在治理减河的同时，开挖第二条分水河，上起四女寺，下至吴桥县大王铺，长43.5公里，称为"岔河"。老减河与岔河在大王铺汇合后，东行入海，统称"漳卫新河"。同时，兴建四女寺水利工程，20世纪50至70年代，逐步建成卫运河最大的水利工程——四女寺水利枢纽。1958年建成南进洪闸，取代四女寺减水坝。1971至1973年，进行大规模扩建、改建工程，形成由南北进洪闸、节制闸、船闸、兄弟灌区引水涵洞等组成的大型水利枢纽。

为便于运河行船，1958年建成四女寺运河船闸。1972年扩建，总长252.5米，为连接南运河与卫运河的枢纽。闸室为"U"型结构，长210米，净宽15米。卫运河、南运河于1978年停运，船闸从此失去作用，逐渐废弃，但其设施完好地保留了下来，成为运河通航的见证。

5. 德州码头

见证德州兴衰的古码头

德州运河码头遗址位于德州市运河经济开发区航运路166号，分布于东风西路胜利桥以北运河东岸，主要由建在东大堤上的四个探出河岸的码头装卸平台、一座两层的望塔楼，以及码头以东的原航运货场组成，现保存完好。2013年，德州运河码头被列入第七批全国重点文物保护单位。

德州运河码头遗址

　　过去，这一带的码头称"上码头"，是德州最大的商业码头，也是德州最繁华的商业区，店铺林立，货物山积。乾隆皇帝南巡多次在该码头停泊，因而得名"御码头"，留下了许多有关乾隆皇帝的典故。如乾隆十三年（1748）二月初，乾隆帝携皇太后、皇后东巡泰山。三月，车驾回返。三月十一，行至德州，乾隆一行弃轿登舟，御舟停靠在御码头，准备次日乘船沿运河回京。不料，当晚出了大事，随行的皇后富察氏突然死在船中。关于皇后的死因，民间传说很多，最流行的说法是：当晚，乾隆皇帝兴致大发，在御舟上欢宴玩乐，富察皇后出来劝阻，乾隆非但不听，还醉醺醺地当众打了皇后。富察皇后是个烈性子，作为母仪天下的一国皇后，当众被打，羞愧难当，一头扎进了冰冷的运河中。众人一见，惊慌失措，乾隆一惊，酒也醒了，赶紧命护卫随从救人。当皇后被人们七手八脚地救上来后，早已断气。乾隆悔恨交加，悲痛万分。第二天，亲自扶枢回京，追封富察皇后为孝贤纯皇后。

新中国成立后，政府在原有码头的基础上，修复、扩建德州运河码头。在胜利桥以北、桥口以南的运河东岸相继建成了十余座码头和一个指引船舶出入港的瞭望塔。到20世纪60年代中期，山东航运局德州港已初具规模。搬运操作由肩抬、手推、人拉迅速发展到了机械化作业；河里的船舶由人拉、篙撑迅速发展到了拖轮牵拉。德州港口岸线近千米，有装卸码头十余座，货场面积约十万平方米，拥有木船五百多条，小火轮三十多艘。每天都有七八十艘船靠岸，昼夜装卸，时时有船起航，日吞吐量最多时可达万吨。港区相继建起了造船厂、医院、学校等配套设施，具备了现代化港口的规模。1965年，德州港年吞吐量达二百余万吨、客运量达两万人次以上，为德州的发展做出了贡献。可惜的是，由于沿河工农业生产的迅速发展，尤其是上游建成岳城水库等各类水利工程后运河水源被控，致使水源逐渐枯竭。20世纪70年代末，运河干涸，被迫停航。

6. 乐陵文庙大成殿

德州唯一保存完好的古殿宇

乐陵文庙大成殿是德州唯一保存完好的古代殿宇。

乐陵文庙位于乐陵市城内，始建于明洪武二年（1369）。洪武十七年（1384）、清康熙二十年（1681）、乾隆二十年（1755）、光绪八年（1882），曾进行过多次维修扩建。原有的明伦堂、兴贤斋、育才斋、名宦祠、崇圣词、忠义祠、节孝祠、戟门、棂星门等建筑，均已荡然无存。今天仅存大成殿、两庑及崇圣

乐陵文庙

祠等四座建筑。

大成殿是文庙的主体建筑，位于全庙的中心，是祭孔正殿，落成于明正统十二年（1447）。大成殿宽11米，长20.8米，高9.88米，内外分别有红漆合围圆柱12根擎立。斗拱叠罗，飞檐插天。殿顶覆盖琉璃瓦，分红、黄、绿各色，中间组成一大菱形图案。正脊中有5条金龙戏珠，两端翘起鸥吻、垂脊、戗脊，近端有跃鱼、蹲兽，相间排列。大殿共5楹，甬路两旁，东西庑各7间；大殿东北20步有崇圣祠3楹。殿内正中为孔子像及牌位，两侧供奉4配12哲。4配为复圣颜回、宗圣曾参、述圣孔伋、亚圣孟轲；12哲为闵损（子骞）、冉雍（仲弓）、端木赐（子贡）、仲由（子路）、卜商（子夏）、有若（子若）、冉耕（伯牛）、宰予（子我）、冉求（子有）、言偃（子游）、颛孙师（子张）、朱熹（元晦）。大殿两侧为东西配殿，供奉历代先儒、先贤共156人，另有先贤祠，供奉本地曾为社会做出卓越贡献的乡绅牌位。

"大成"，是孟子对孔子的评价。他说："孔子之谓集大成"，赞颂孔子"祖述尧舜，宪章文武"，达到了集古圣先贤之大成的至高境界。殿前立清乾隆二十年（1755）御制平定准噶尔告成太学碑，院内古槐数株，枝干蟠空，秀拔苍劲，当植于建庙之初。

乐陵文庙大成殿不仅是现存完整的一处古建筑，而且是一处重要的革命纪念地。抗日战争初期，中共冀鲁边区特委曾在此召开会议，统一领导，整编军队。1938 年 9 月，八路军一一五师东进纵队来到乐陵，成立了冀鲁边区军政委员会，曾在此宣传抗日，训练干部。边区第一个抗日政权——乐陵县抗日民主政府即设于此。

新中国成立后，有关部门曾对大成殿几次维修，使其恢复了本来面目，大成殿也已载入《中国名胜词典》。

7. 恩城文昌阁

德州唯一保存完好的古楼阁

恩城文昌阁位于平原县恩城镇中心小学院内，平原县城西十五公里处，始建于明成化十六年（1480），距今已有五百多年的历史。

文昌阁是古代注重文化的象征，是祭祀"文昌君"的专用场所。"文昌君"即"文昌星"，又名"文曲星"，传说是天界主管文运科名的星宿。古代文人都很崇敬它，用拜谒"文昌君"的方式祈求保佑，寄托自己的志愿。这一习俗兴于明而盛于清，清末才逐渐衰微。

恩城文昌阁

据民国《恩县志》记载：恩城文昌阁清时修葺后，南阁北楼（藏书之用）自成院落，古木参天，煞是壮观。原恩城文人学子在赶考之前，均到此登阁拜谒，企盼好运降临。

恩城文昌阁高十二米，坐北朝南，为砖木结构，可分为两大部分：底部是青砖垒砌的两层高台，一层十五米见方，二层十二米见方，两层各高二米，周围是用青砖垒砌的八十厘米高的十字花墙。高台之上便是两层的木结构魁星楼，下层呈正方形，四周用七根直径约三十厘米的红漆圆柱支撑，圆柱间底半部用青砖砌墙，上半部是木质门窗；上层是十二根红漆圆柱和由玻璃窗构成的六角形阁楼，上下层之间翘檐飞角，翼然如飞。楼顶呈圆形，顶端是白色葫芦状"朝天锥"。阁楼的西北角有砖筑的角门、门楼，入内便是"马道式"的坡梯，踏步而上，既可凭栏赏景，又可拜谒文昌君。

恩城文昌阁建成后，历史上有过多次修缮。清康熙三十五年（1696）、康熙六十年（1721）曾两次对文昌阁进行修葺。新中国成立后，1953 年、1991 年和 2005 年，先后三次维修，文昌阁重现往昔风采。游人可拾阶登攀，极目远眺，凭栏咏祷，方圆十数里的村舍、农田、河流、树木尽收眼底，令人心旷神怡。

8. 陵县棂星门

德州仅存的文庙大门

陵城棂星门即古代文庙大门，是目前德州仅存的一处文庙大门。传说棂星为天上文星，以此命名，有人才辈出、为国家所用的意思。陵城棂星门东西长十四米，南北宽三米，高约六米，构筑奇妙，古朴庄丽。为飞檐斗拱木结构建筑，脊上均饰花草纹，其檐顶全部重量由四根柱子支撑，柱子下部由石鼓夹抱，石鼓刻龙凤麒麟纹饰，腾舞跃步，十分逼真；石鼓顶部雕刻有小石狮八尊，形态各异，栩栩如生。门两侧有石狮一对，威武雄壮。

陵县文庙棂星门

据陵县志书记载，明嘉靖九年（1530）创设棂星门，明嘉靖、清康熙、咸丰、同治年间均有重修，中华人民共和国成立后也多次维修，但与此相关联的泮池、学宫毁于民国时期，大成殿则毁于"文革"时期。

从清末废除科举，直至中华人民共和国成立至今，棂星门所在地先后兴办了各级各类学校，如三泉小学、德县第一中学、陵县第一中学、陵县教师进修学校等，棂星门也先后成了这些学校的南大门。但因台阶多、高，不便行走及搬运物品等多种原因，20世纪60年代起，棂星门只开启便门，而在其以东（校园东南）朝南开门，行人车辆一般从那里出入。从1979年至今，当地政府不断加大对棂星门的保护力度，并进行保护性修葺，古老的棂星门重现生机。

9. 崔家庙千佛塔
德州唯一保存较完整的清代佛塔

在平原县城西北五公里、崔家庙村东五十米处有一座宝塔，这就是远近闻名的平原千佛塔，俗称"崔家塔"。它东距津浦铁路不足十米，西邻德州至平原公路二十米，塔身为八棱柱形，叠檐斗卷，四面有窗。全塔高二十六米，七级节次为青砖砌壁，轩伟峭姿、上下匀称，是一座蔚然秀观的佛教宝塔。

平原千佛塔每层均为重檐，砖雕檐口、斗拱，每层东西南北均设通透的塔窗。底层的塔门朝南，门楣上镶嵌着石刻"千佛塔"匾额，字迹至今依稀可辨。塔身整体线条流畅，塔顶原配

千佛塔

有铁铸的葫芦型塔刹，秀美协调。

宝塔内有梯可攀登至顶层。第一层塔梯为内壁折上式，第二层为穿心式，三层以上均为内壁折上式。游人如要登顶可凭门而入，进入宝塔后，便可在半明半暗之中拾级而上。塔内空间狭小，越往上走塔腹越小。登至第四层时，就只允许身材苗条者登临了。

各地佛家宝塔，凡以"千佛"命名者，多因在塔里或塔外的庙宇里供奉了千尊佛像。可平原县的千佛塔内外，却不见一尊佛像，塔内空间更是狭小，根本无法容纳大量佛像，只在宝塔的内壁上有少量小型佛龛。据宝塔旁石碑记载：塔下原有一座弥勒庵，里面供奉的是弥勒佛。在佛教文化中，"劫"是个时间概念，贤劫是指目前所处的第一劫，在这一劫中将会有一千尊佛出世，释迦牟尼是第四尊，即现在佛，弥勒佛是第五尊，是未来佛。该宝塔名为"千佛塔"，实则为该塔、该庙供奉着贤劫千佛之意。

此塔建于清康熙十七年（1678），有《新建弥勒菴并千佛塔碑记》存世。它经历了三百多年的风吹日晒、雨雪雷电，时至今日，依然独立云空，秀逸挺拔。

1988年，平原县政府对其进行了大修，平原千佛塔基本保留原有风貌。

关于塔的原始位置，当地传说不一。有人说此塔原先建于别处，一个拾粪的老头于五更黎明用粪叉子将塔端了过来。也有人说，有一赵氏女子出家修行，她性情温和，勤劳俭朴，乐于助人，劝人向善。于是，人们纷纷捐资，修建了这座千佛塔。

在千佛塔的不远处，原来有一个"弥勒庵"（俗称"崔家庙"），建于何年史书上并无记载，无从考证。按《新建弥勒菴并千佛塔碑记》碑文记载："赵氏以孤寡之妇修居于此，自言是弥勒后身……"据当地百姓口传，1921年至新中国成立之初，弥勒庵一直为村立小学，现庙已毁，仅存宝塔。

10. 齐河定慧寺

明朝永乐皇帝敕建的寺庙

在京台高速济南黄河大桥以北三公里处，人们通过车窗西望，可以清晰地看到一大片红砖青瓦、重梁飞檐的仿古建筑群，它就是齐河定慧寺。

齐河定慧寺原本位于齐河县城旧址（现祝阿镇房家湾村），初建于明朝永乐年间，为皇家所修，是齐河县域规模最大、构筑最为恢宏的古代建筑群。它与济南长清的灵岩寺有姊妹寺之称，曾被誉为"济南第一名刹"。

齐河定慧寺

朱棣为什么要在这里修建定慧寺呢？这不得不从明初的靖难之役说起。靖难之役初期，燕王军队在与南军

（朝廷军队）的顽强厮杀中，由于战术机动灵活，队伍迅速壮大，建文二年（1400）就南下打到山东境内。燕军首先打下的是南军总指挥部和后勤基地——德州，得粮百万余石，大大充实了燕军的实力。攻下德州后，士气正盛的燕军随即对济南进行了包围，由于铁铉、盛庸等人的顽强抵抗，三个月未能拿下，不得不败归北平。

相传，在这场围攻济南的战役中，燕军的前线指挥部就设立在齐河县城的龙光寺，朱棣的军师姚广孝在此坐镇指挥。龙光寺住持吕智寿与姚广孝志同道合且颇有军事才能，姚广孝便将其引见给燕王。燕王赐给吕智寿银碗一个，并让他在当地募兵。吕智寿当时募得五千余人，因此受到朱棣的重视。后来吕智寿跟随燕王南征北战，屡立战功。燕王登上帝位后，吕智寿却不受封赏，仍愿出家。此时，龙光寺已被拆毁，明成祖为了褒奖吕智寿的功勋，差工部官员率内廷工匠在齐河城内修建了这座规模宏大的寺院，并亲自赐额"定慧寺"。

定慧寺在齐河旧城西大街路北，寺址南北长一百五十米，东西宽三十三米，占地约七亩。山门朝南，自南而北主体建筑有金刚殿、天王殿、大雄宝殿、无梁殿和水罗殿五座大殿。无梁殿全部由木头构造，是极具中国古建筑特点的一座殿堂，可惜它过早地毁于火灾。其余四座大殿一直完好保存到民国初期。民国齐河县政府曾把前两个院子作为民众教育馆，齐河县解放后，定慧寺一度成为县政府部分机关的办公用房。

1973 年，国家在齐河县境内兴修黄河北展工程，齐河县机关全部迁往现驻地晏城。1975 年，拆除寺院，其砖瓦木料用于新县城文化馆的建设。

现在的齐河定慧寺是在原址东移四公里处兴建的，占地四百余亩，有念佛堂、斋堂、僚房、五观堂、天王殿、大雄宝殿和 9.7 米高的汉白玉观音菩萨塑像。于 2009 年 3 月开工建设，同年 9 月对外开放。

11. 黄河故道古桑园
沙地上的古老桑树群

2018 年，位于德州市夏津县的"夏津黄河故道古桑树群"被列入全球重要农业文化遗产，这是山东省第一个也是唯一一个全球重要农业文化遗产项目。这里是两千年前古黄河的遗迹，有古桑树群六千多亩，百年以上古桑树两万余株，涉及西闫庙、东闫庙、左堤、温辛庄等十二个村庄，是世界范围内面积最大、树龄最老的桑树林。这里历经千年沧桑依然生机勃勃，尤其是夏津椹果的品牌，在历代夏津人的保护和传承下绽放异彩。

每当看到这片古桑林，人们就情不自禁地想起他的初创者

夏津古桑

夏津知县朱国祥。朱国祥（？—1705），镶黄旗汉军人，复州卫（现为辽宁大连瓦房店市）官监生。康熙十三年（1674）八月，任夏津知县。

朱国祥为人聪慧干练，处事勤恳不辞劳苦，任内"兴利除弊，知无不为"。他曾去县城东北三十里处的东沙河巡察，只见此处皆为沙丘，草木不生，沙丘随风游移。朱国祥当即号召附近百姓多种树木，尤其要多种果树，既可防风固沙，又可摘果而售，一举两得。他亲自向百姓传授"包袱地"治沙法，即于较平整的沙地四周种树，中间种庄稼，可获高产。

朱国祥在夏津知县任上的六年中，曾去县城东北的沙丘地带巡察十余次。当地百姓在朱国祥的感召下持续不断地植树造林，防风固沙，林木的产量也逐年提高。雍正时邻近的恩县知县陈学海有诗赞曰："苍椹奠得民安业，处处丰登乐岁畦。"沙冈之地也能产粮产棉，人们丰衣足食，无不感激朱国祥，曾自愿集资镌碑纪念。这通碑刻现存于苏留庄镇刘曹庄村，县图书馆有其碑文拓片。

因政绩突出，朱国祥升任东昌府知府。期间又两次来夏津，为夏津百姓福祉出谋划策。夏津百姓世代感念朱国祥，自发捐资，在夏津县城附近的七里屯、温辛庄、刘曹庄村为其修建祠堂。其中刘曹庄村的祠堂建于1913年，现改为朱国祥纪念馆。

2000年以来，夏津县历届政府及农业主管部门秉承"尊重自然规律，保护生态环境，稳固资源优势"的理念，相继出台了多部关于古桑树保护的政策及法规，对古桑树进行编号认证、统一养护、科学管理，鼓励和指导农户开展古桑树复壮养护工作并提供相应资金补贴。经过将近二十年的共同努力，古桑树群重新焕发了生机，椹果产量稳步提高。如今，夏津县年产椹果1.4万吨，其中古树年产椹果7500吨，为桑产业的持续发展奠定了坚实基础。

如今，夏津黄河故道国家森林公园由古桑林片区、古梨林片区和槐林片区三个片区组成。森林公园内百年以上的古树有三万多棵，被称为"中国北方落叶果树博物馆""中国重要农业文化遗产""中国椹果之乡"，古树种类繁多，成为鲁西北平原上的绿色宝库。

12. 孟家大院

德州仅存的清代四合院

老齐河民间流传着"房家的牌坊，马家的宰相，郝家的文章，孟家的账房"的说法，说的就是明清民国时齐河有名的四大家族。房家的牌坊绝对是老齐河城一景，它由明朝嘉靖皇帝为兵部尚书房守士敕建，材料都是货真价实的"皇宫专供"。马家其实没出过宰相，但曾被授予中宪大夫、任礼部郎中、赐第翰林，这在一个小县城里也已足够显赫。"老郝家的文章"，是指清中期郝氏家族的郝允哲、郝允秀、郝秋岩、郝答"郝氏四子"，享誉文坛。至于"孟家的账房"，说的是孟济严家族产业大，富甲一方。

孟家大院位于齐河县赵官镇北街，原是本镇望族孟济严家的待客院，是原孟氏庄园的一部分。孟家大院占地四百四十平方米，建筑为砖石木混合结构；房屋结构"明三暗五"，五间北屋是该院落的主体建筑，中间三间为客厅，两端各一单间；东西两侧各有三间对称的厢房，南端各有小耳房，耳房之间有

齐河孟家大院

回廊装饰木雕，为八宝吉祥图案，雕工精良；房内铺以青砖，房瓦为小青瓦，为典型的北方民居，彰显出明清建筑风格。

孟家是依靠耕读起家典型世宦之家，出过进士三人、举人一人，贡生、监生、庠生及武生二十六人，可谓科甲蝉联。孟氏发家于土地经营，清初孟家五大院（南旭升、北旭升、东旭升、济升堂、同升堂）纷纷通过经商来购置土地，到雍正年间已有良田八百顷。19 世纪末至 20 世纪初，孟家人又进军工商业，五大院都有自己的酒店、油坊，此时的孟氏家大业兴，门庭显赫，孟氏庄园也是方圆百里最大的家族豪宅。孟氏庄园的大片宅第占据了赵官镇西北整整一隅，以瓦舍组成的一个个四合院为基本单位连成不同的建筑系统，再组成连片宅第，雕梁画栋，蔚为壮观。比起当时的栖霞牟氏庄园，不管是在建筑规模、设计风格还是文化底蕴上，孟氏庄园都毫不逊色。

抗日战争时期孟氏家族第一时间扛起民族大义，率先发起抗日宣讲。家族代表人物孟若玄以民族大义为重，投身于抗日救亡运动。1937 年，中共鲁西北特委巡视员王晋亭在孟若玄家主持建立了中共河北（黄河以北）特别支部，孟若玄任书记，吴力践任组织委员，孟若玄从家中拿钱作为活动经费，为抗战做出了贡献。1942 年，孟若玄因公殉职。

近年来，当地政府对孟家大院进行了抢救性修缮和维护，使被冷落了多年的孟家大院重新热闹起来。孟家大院在以它特有的沧桑风韵和崭新容颜讲述历史的同时，散发着独特的文化魅力。

（二）遗址探秘

1. 鲧堤

远古先民治水遗迹

尧舜时期，黄河中下游洪水泛滥，人民生命财产受到严重威胁。为了解除人民的疾苦，根据四方部落首领的建议，尧派鲧去治理洪水。鲧用了九年的时间，以阻挡的办法筑堤拦水，结果不但没有挡住洪水，反而让洪水冲毁了更多的房屋、田地，劳民伤财，毫无成效。舜接替尧成为部落首领以后，派鲧的儿子禹继续治水。

相传，鲧为治水，偷了天帝的神土"息壤"。他用息壤筑坝，终于堵住了洪水。天帝发现后大为震怒，派火神祝融下界将鲧杀死于羽山，收回了息壤，致使鲧治水失败。鲧死后尸体三年不腐，祝融剖开他的尸体，大禹破肚而出，而鲧的身体则化为黄龙飞走了。

如今临邑县翟家乡有一古堤，名曰"鲧堤"，相传是鲧当年筑坝束水留下的。当地还流传着鲧治水的又一传说。

远古时期，洪水常常泛滥成灾。有个叫鲧的青年，立志要为人民治服洪水。为了表明决心，他还立下军令状，承诺"洪水不止誓不回"。但是洪水太过凶猛，沙土太散，黏土太软，当时人手少，工具又简陋，拦水堤坝常常修到一半就被洪水冲毁，工程进展十分缓慢。一天晚上，鲧正苦于没有治水良方，忽然听见附近有奇怪的声音。他走过去一看，只见空中有一只猫头鹰边飞边叫："息壤！息壤！"而地上则有一只巨大无比的神龟在挖掘红色泥土。最奇特的是，被神龟挖出的泥土转眼已有一人多高。鲧赶忙率人从中取了一些被猫头鹰称为"息壤"的红色泥土，发现其质地细密结实、可塑性强，又十分易于铲取，真是踏破铁鞋无觅处，得来全不费功夫。就这样，鲧带领着人们修筑起一道道息壤大堤，治水工程接近尾声。眼看洪水渐渐平息，大家对鲧充满感激。当这件事情传到了一个叫共工的人那里，共工十分嫉妒，就到处散布谣言，说鲧偷了天帝的息壤，天帝震怒，要降灾于人间。三人成虎，众口铄金，很多河工离鲧而去。可惜治水工程功亏一篑、半途而废，鲧忧愤地仰天长叹："我死了也要化作治水的龙！"说罢，鲧自沉水底，践行了自己的诺言。鲧死后，他的胸膛里飞出一条龙，这就是鲧的儿子禹。后人为了纪念为治水牺牲的鲧，把遍布九州的道道拦洪长堤都叫作"鲧堤"。

2. 禹息故城与具丘山

大禹治水的足迹

大禹治水在德州留下了众多遗迹与传说，禹息故城与具丘山就是其中的代表。

禹息故城又称"古高阳城"，位于禹城市伦镇西北。相传，东夷太昊部落的一支最早迁居于此，筑高阳城。黄帝时期，颛顼曾封于高阳，号高阳氏。大禹受命治水，东巡视察水情，来到高阳故城。因为此地地势较高，又处于洪水泛滥的核心，所以将治水督导中心设立于此，规划、指挥疏水导流。为纪念大禹，后人名之"禹息故城"。

关于禹息故城，还有另一个传说：鲧受命治理洪水，盗息壤而用，天帝怒而诛之，鲧藏息土于东洲。禹继父业治水时，天帝准用息土。禹受命后东寻息壤，在禹息故城找到，掘而用之。息土也称"息壤"，是指黄黏且带有黑色的有机土。黄色是受昆仑山之水冲击而沉积的土，黑色是草木腐烂而形成的土。此土肥沃，有生养万物的功能，黏合力强，又有凝聚力，是建城筑坝的良土，因而息壤被视为宝土。息壤取之不尽，用之不竭，在治水中发挥了巨大的作用。禹在此建立了治水指挥部，历时八年之久。

具丘山在禹息故城东北三十余里，相传是大禹登高观察水情之处。据禹城旧志记载：大禹为了解水情，从禹息故城徒步来到此处，为察看水势，率众聚土成丘，后人称之为"具丘山"。

大禹恩泽，后人世代垂念，人们在山上筑亭一座，名"禹王亭"。

禹王亭最早建于何时，已无从考证。嘉庆《禹城县志》记载：唐乾元二年（759），禹城县城移迁善村（现老城址）。建成之初，首任县令登城向西眺望，见河西有一小丘郁郁葱葱，绿荫丛中隐现一介草亭，似有紫气缭绕。县令便问当地一老者："此系何山？"老者答曰："具丘山。"老者将禹王在具丘山上观察水势、疏洪导水之事禀告了县令。几千年来，当地百姓为缅怀大禹为民造福之德，在具丘山上栽树、移植花草、结扎草亭，供奉禹王灵位，祈求禹王保护一方百姓平安。是日，县令召县内豪绅三老，商定在县城西门内修建禹王庙，在具丘山上修建禹王亭，让世人永记大禹治水的功德。此举得到百姓的积极响应，富者自愿献粮捐款，穷者自愿出工。筑亭建庙的工程当年就完成了，禹王亭内供奉着禹王神像，县令亲率官员民众祭祀禹王。此后，历代县令每年春清明、秋中元都会亲赴禹王亭祭奠禹王。自唐至元，禹王亭几次被毁。明万历三十二年（1604），当地百姓在具丘山上重建禹王亭，翰林院检讨刘士骥作《禹亭记》，歌颂大禹功德。清康熙五十年（1711），知县曾九皋重修、扩建禹王亭，再作《禹亭记》，重述大禹功德。

清道光七年（1827），林则徐离京南下，曾在禹王亭逗留一夜，并将观感记入日记。明清时期，禹王亭香火大盛，前来拜祭禹王者络绎不绝。不少文人墨客来此朝拜观光，留下了不少诗词墨宝。这些作品有的被刻碑留存，有的载入县志，为当地留下了一笔宝贵的文学遗产。到民国年间，禹王亭香火尚盛。每年春、秋季节还会在此举办庙会。

具丘山与禹王亭

1977年2月，山东省公布具丘山为龙山文化遗址，属省级文物保护单位。1996年，禹城市政府拨款集资重建了禹王殿和禹王亭，殿亭金碧辉煌，雄伟壮观，再次展现了大禹精神的感召力与凝聚力，反映了人们对大禹治水造福于民的感念。

3. 乾隆行宫
一座消失的宫殿建筑群

乾隆南巡，德州是必经之地。为此，山东巡抚爱必达在德州城南、御码头以东为乾隆兴建了一座行宫（今华联商厦、人民公园一带）。乾隆二十一年（1756）行宫落成，宫殿气势宏伟，园林造景别致。因靠近恩泉井，又名"恩泉行宫"。行宫的布局，基本上是按古代宫殿"三朝五门"、坐北朝南、中轴对称的建筑格局设计的。行宫的主体建筑由正院和东、西跨院三部分组成。沿南北中轴线依次是照壁、大宫门、二宫门、便殿、垂花门、寝宫和后照房；东跨院依次是东外朝房、膳房、值房、阁门、天章阁、阿哥房；西跨院为西外朝房、军机处、御花园、御书房和南府等。另外，在东宫墙中心开一小门，曰"东华门"。德州行宫的规模略逊于承德行宫，但形制完全具备，是乾隆南巡途中最为奢华的行宫之一。乾隆二十二年（1757）正月十九，乾隆南巡到达德州，第一次驻跸德州行宫。乾隆看到行宫过于奢华，深为不满，写下了《德州行宫示山东大小吏》一诗，批评地方官吏先斩后奏、耗费资财的行为，警示各地官员以此为戒，下不为例。但爱必达并没有因此被贬，不久反而高升。批评过后，乾隆皇帝也心安理得地住进了行宫。看来乾隆并不是真生气，只是摆摆"体恤百姓"的样子而已。四月十七，南巡返京时，乾隆再次驻跸德州行宫。后来他历次南巡、东巡，来回都驻跸德州行宫。如乾隆二十七年（1762）、乾隆三十年（1765）、乾隆四十五年（1780）、乾隆四十九年（1784）四次南巡，以及乾隆三十六年（1771）、乾隆四十一年（1776）、乾隆五十五年（1790）三次东巡祭孔，来回都是驻跸德州行宫。乾隆皇帝驻跸行宫，留下了大量的诗作。如《德州行宫示山东大小诸吏》《驻跸德州行宫作》《德州行宫叠旧作韵》《德州

行宫即事有感》等。
乾隆以后，皇帝不再南巡，行宫也渐渐废弃，至民国时期，行宫已湮没无迹。

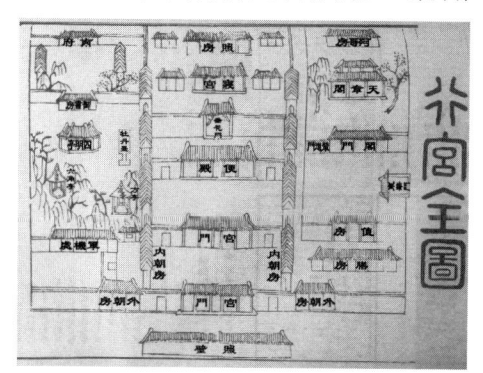

乾隆行宫全图（民国《德县志》）

147

4. 神头镇汉墓群

汉代公卿家族墓葬

神头汉墓群，又称"七十二疑冢"，为省级重点文物保护单位，位于陵城区神头镇西北二里处。墓群散布在东西五里、南北二里的地面上，墓冢高大雄伟，远望"疑冢叠翠，神头晓气"，为旧时"厌次八景"之一。1972年文物普查时，尚有古冢38座，大者直径近40米，高5至6米，小者直径14至15米，高3至5米。1978年，经专家鉴定为汉墓。1979年，地区考古工作队对15号墓和4号墓进行了发掘整理，每个墓内都有尸骨和零散文物（以陶器为主，有少量青铜器）出土，证明该墓并非"疑冢"，根据出土文物进一步判定为汉代墓群。

神头镇汉墓群

民间传说该墓群与曹操有关。

一说这"七十二疑冢"为曹操所修，为了掩人耳目，曹操死后在多地修建假墓，以图逃避死后坟墓被盗的厄运。但神头

148

镇汉墓群已发掘的两座墓葬均有尸骨出现，这就使曹操疑冢之说不攻自破。后经地方文史工作者多年研究，初步认定该墓群为汉富平侯家族墓，尚有待进一步考察论证。

一说是曹操在此驻兵两月之久，曾对这里的汉墓群进行过盗挖。时间回到建安五年（200），袁绍官渡战败，不久病死，其三子袁尚继位，长子袁谭任青州刺史，自称"车骑将军"，率兵与袁尚争冀州。袁谭不敌袁尚，投降曹操，引曹兵攻袁尚，袁谭又图谋自立，于是曹兵转攻袁谭。建安九年（204）十二月至建安十年（205）正月，曹操追袁谭到平原，袁谭败走南皮。曹操不着急发兵攻打袁谭，而是在平原逗留了一两个月，正是为盗掘墓室。神头乃古厌次，又是汉富平侯国。厌次富平侯传国八世，历时二百年。富平侯与汉皇室为姻亲，富可敌国。富平侯家族在神头一带构筑了庞大的墓群，成为曹军盗挖的对象。平原地区的大墓特点是复土筑成的倒斗形，盗墓者一般是打洞进入墓室，揭开棺椁，盗走值钱物品。这些洞就像一眼眼井，曹操盗挖神头汉墓，挖了七十二眼"井"，于是就有了"神头七十二冢，滋镇七十二井"的传说。

5. 贝野长堤

蜿蜒千里的陈公堤

贝野长堤是古恩县（今平原恩城）十景之一，在四女寺东南，是陈公堤的一段。北宋天禧年间（1017—1021），黄河决堤，滑州（今河南濮阳、滑县附近）知州陈尧佐治水，率百姓筑造长堤，人称"陈公堤"。后人不断延伸加固，逐渐形成千里长堤，为纪念陈公的肇始之功，这段长堤统称为"陈公堤"。据考证，德州段古堤应为明代户部侍郎白昂所筑。

古堤上起河南滑县，过临清，经夏津、武城、德州向东延伸，至千乘（今山东博兴），全长一千余里，远望势若长虹，蔚为壮观。陈公堤现仅存武城县境内二十三公里，其余已难寻旧貌，四女寺段最为完整。南宋初年，黄河改道南行，陈公堤则成了卫运河的一道防洪屏障。

陈公堤

陈公堤在近千年的历史长河中有效地防御了水患，惠及河南、山东两省百姓，其历史功绩不可磨灭。直到1963年，陈公堤还最后一次显示了余威。1963年8月，漳卫河上游连降暴雨，旬降雨量超过一千毫米。为保障津浦铁路和卫运河下游人民群众的生命财产安全，夏津、武城、平原、德州调集二十余万人抢修陈公堤；中国人民解放军原济南军区调集四个师参加抢修工作，空军在陈公堤附近空投大量麻袋等抢险物资。数十万人昼夜奋战，终于使洪水安全下泄，确保了津浦铁路和德州人民的生命财产安全，陈公堤功不可没。

明代恩县文人姚惟一有《贝野长堤》一诗："贝野铺平阔，

秋霖事短航。河倾弥巨壑，堤筑障洪塘。谷口回风紧，岭头蔓草长。陈公逝已远，伟绩竟流芳。"

6. 北厂漕仓遗址

金元明三代官仓

德州"枕卫河为城"，自古就是兵家必争之地，德州漕运仓储成为维系中央政权的重要保障。金天会七年（1129），为了通过御河储存河南漕粮，在城西北运河东岸（今北厂街）设置了将陵仓。元朝至元三年（1266）改将陵仓为陵州仓，会通河开通后，陵州仓成为元代重要的漕粮中转站。

明朝建立后，特别是明成祖朱棣夺取帝位后，由于当时的经济中心在江南地区，北方军事要地所需大量漕粮要通过转运才能到达。永乐九年（1411）会通河疏浚后，明廷沿大运河设立了德州、临清、徐州、淮安四大水次仓转运东南漕粮。

德州水次仓又称"广积仓"，民间俗称"北厂老虎仓"，永乐十三年（1415）由陵州仓故址改建而成，同时还建有被称为"常丰仓"的预备仓。德州水次仓由户部分司管辖，管仓官吏带"虎头"腰牌，所以水次仓亦被百姓称为"老虎仓"。关于老虎仓的来历还有另一说法——仓廒门前蹲坐一石虎，故名"老虎仓"。据传石虎原来是城北李家坟的石兽，长期吸收日月之精华而有了灵性。一天夜里，在狐狸的诱惑下，老虎到运河边喝水，却未能及时赶回，刚到水次仓鸡就叫了，它一惊身现原形，从此便蹲坐在仓廒门前。于是，人们便称水次仓为"老虎仓"。

德州水次仓主要接纳由淮、徐、临等水次仓转运的漕粮，然后由山东、河南两地的卫所军队运送到通州。当时，每十间粮库连在一起，称为"连"，每连有博、厚、高、明、悠、久、智、仁、圣、义、中、和等编号。广积仓有八十连，常丰仓有二十连。宣德五年（1430），德州水次仓增建为德州、常盈二仓。河南开封、彰德、卫辉三府粮运至德州仓，其后山东、河南粮皆运至德州仓。正统十四年（1449），明廷为护仓廒，将位于北厂的广积仓、常丰仓移于城内，广积仓移于州城南门内，常丰仓移于西门内。明代，通过德州水次仓转运的漕粮每年有四百万石。崇祯元年（1628）常丰仓遭焚，仓项归并德州水次仓并改名"常德仓"。当时德州水次仓有东仓廒 29 座，共 263 间；西仓廒 12 座，117 间。

北厂漕仓遗址

清承明制，顺治年间设常丰仓，仓址仍在南门内，在明朝旧址上扩建。康熙十八年（1679），立社仓、义仓。雍正八年（1730），于州署东建仓 24 间，名"德州卫新仓"，于州署东建仓 124 间，名"德州新仓"。乾隆五十二年（1787），设督粮道库，东储漕粮，名"丰裕库"，西储地方税粮。德州城内外仓廒林立，实为华北仓储之最。

明清两代，从事漕粮运输的达十二万人，漕船上万艘。当时，朝廷允许运军携带一定的私人物品在水次仓驻地交易。大量民船和商船在德州停留贸易，促使德州发展成为百业兴旺、富甲一方的商业都会。

7. 徽王石桥

一座金代的古石桥

德州市陵城区徽王庄村东二百米处的马颊河故道上有一座砖石结构的桥梁，是鲁西北平原上现存最早的桥梁，自金代初期创建以来，一直屹立于马颊河上。为什么要在这里修建一座石桥呢？这与北宋降臣、伪齐皇帝刘豫有关。

金灭北宋后，刘豫由于投靠并效忠金王朝，被封为齐国皇帝，建立伪齐政权（1130—1137）。伪齐国版图西起山西以东、北到沧州以南、南到当时的黄河以北、东到海。刘豫非常看重济南以东、以北的区域，因为他当皇帝前曾是宋朝济南知府，故一直将这里视为自己的根据地。后来，他的儿子刘麟又做了济南知府，修建沧州至青州的驿道，沿途修建石桥两座，一座在阜城北清凉江上，一座在德州，即今徽王庄石桥。

石桥当初为 13 孔，东西走向。主桥长 50 余米，护坡 30 余米。桥高 5 米，桥宽 6 米。桥墩由 42 根石柱组成，纵向 14 排，两边排距 3 米，中间排距 3.7 米；一排 3 墩，墩距 2.4 米。石柱由 8 至 10 个碌碡形石柱组成，最大石墩直径 0.75 米，中大石墩直径 0.44 米。每排石柱之上架横梁一个，横梁之间有 12 根檩条用卯榫相连，一共 14 架横梁、156 根檩条。檩条之上铺满密集的椽木，椽木之上盖芦苇编织的苇把。桥西北侧建龙王庙一座，庙后立一座石塔，塔高四米左右。桥东西各立镇水兽两个，双目圆瞪，张嘴獠牙，肃穆而威严。

石头适合作为修建桥梁的材料，但鲁西北、冀东南属于黄河冲积平原，不产石头。石头的重量惊人，以古代的运输能力在平原地带修建石桥成为非常困难的一件事情。受农耕文明中压场的碌碡和磨面的石碾因体圆而善滚动经验的启发，人们在石柱两头的中间位置凿上小洞，然后为其装上木框架，用牲口拉着一个或几个碌碡走，俗称"赶石"，有效解决了石头的运输问题。因石柱形近碌碡，人们习惯上称石桥为"碌碡桥"，也有称"碾子桥""垛石桥"的。这一建桥方式，就是建桥工匠将一节一节的石柱垒砌起来，在石柱上面摆放硬木横梁，然后再像盖房子一样摆放檩条。在檩条上铺设木板，木板上覆石灰、糯米汁与黏土合成的三合土作为路面。

徽王石桥建好后，为促进冀东南与山东内陆的联系发挥过重要作用。但由于石桥采用木质檩梁作为桥面，容易腐朽，所以每隔五十到六十年都要大修一次，好处是施工不太复杂。

1937 年秋末，国民党山东保安第五旅曹振东部为阻止日军汽车运输，一夜之间在陵县、德县境内烧毁了七座桥梁。他们的军队在徽王庄村抱取村民刘朝阳的高粱秫秸当引火，用洋油点燃，将徽王古桥的两孔烧毁。

1950年，在原桥基上重修徽王庄石桥。2022年6月，陵城区文化和旅游局再次对徽王石桥进行维修保护。历经八百余年的老石桥，今天仍傲然屹立于马颊河上。

徽王石桥

四

多彩非遗

运河流经德州，始于隋朝大业四年（608）开永济渠，后经唐宋的疏浚、元朝的整修和明清的畅达，前后历经一千四百余年。流动的运河促进了各地文明的交流互鉴，南北商业文明、民俗文化相互融合，沉淀下丰富的非物质文化遗产。

（一）美食佳酿

1. 德州扒鸡

落锅的烧鸡变扒鸡

德州扒鸡因发源于德州而得名，全称为"德州五香脱骨扒鸡"。扒鸡的烹饪方法是"扒"（"扒"为文火焖煮之意），主要使用花椒、肉桂、八角、丁香、小茴香五种香料，具有肉烂脱骨的特点，故名"五香脱骨扒鸡"。2014年，德州扒鸡制作技艺列入第四批国家级非物质文化遗产代表性项目名录。

德州扒鸡

德州扒鸡起源于烧鸡。烧鸡是怎么演变为扒鸡的呢？在扒鸡行业内有多种不同说法。最流行的说法是：清康熙三十一年（1692），德州城西门外大街有个叫贾健才的烧鸡制作艺人，家传做烧鸡的手艺，每天能卖上二三十只。因这条街通往运河码头，外地人多，买卖越做越好，就雇了个叫王小二的伙计打下手。一天，贾掌柜有急事外出，锅里煮着鸡，就嘱咐小二看好火。可贾掌柜前脚刚走，小二就在灶前睡着了。一觉醒来，糟了！一锅鸡煮过了火。贾掌柜赶回来，赶紧撤出锅底的柴，小心翼翼地把鸡捞出锅，拿木盘端到门市上，打算低价处理。可是，这过火的烧鸡刚一摆出，散发出的独特香气就吸引了过往的行人，有人买来一尝，嗬！不仅肉烂味香，而且穿香透骨，连骨头也入口即酥，眨眼间，一锅鸡就卖完了。贾健才就是明初"贾氏烧鸡"的传人。

贾健才由此受到启发，他潜心琢磨，改进工艺，逐渐摸索出这种鸡的原始做法——大火煮、小火焖，鸡的老嫩不同，"焖"的时间、火候也不一样。贾健才的烧鸡出名后，老主顾们为区别其他烧鸡，建议将其更名为"运河鸡"或"德州香鸡"等，众说纷纭。贾掌柜没了主意，自己也想不出好名堂。过了些日子，他忽然想起邻街有位马老秀才，才气过人，准能起个好名字，就决定为鸡求名。于是，他用荷叶包起两只刚出锅的扒鸡，快步走到马家溜口街（现德州市德城区商业街附近），恳请马老秀才品尝自己改进的烧鸡，为鸡取个好名字。马老秀才问了问做法，又尝了尝鸡，细细品味，顿觉清香满口，边品边吟道："热中一抖骨肉分，异香扑鼻竟袭人；惹得老夫伸五指，入口齿馨长留津。好一个五香脱骨扒鸡！"就这样，名满天下的"五香脱骨扒鸡"便由此得名。关于扒鸡的起源，资料非常丰富，说法不一。可见，德州扒鸡应该不是出于一人之手，而是老一辈德州艺人在德州烧鸡制作工艺的基础上不断摸索的结果。

　　康熙四十一年（1702），康熙南巡途经德州，住在田雯家中的"山姜书屋"。相传田雯就是用德州扒鸡款待的康熙皇帝，康熙龙颜大悦，亲书"寒绿堂"匾额赐给田雯。田雯是何许人也，能把扒鸡献给皇帝？

　　田雯是清初德州最有名的大儒，其诗学成就堪称德州第一，在当时的山左诗坛上，是与大文豪王士禛比肩的人物。田雯是康熙三年（1664）进士，历任内阁中书、江南学政、江南巡抚、贵州巡抚、刑部侍郎、户部侍郎等职，为官清廉，口碑甚佳。后年老致仕，回到德州，居山姜书屋（在今德州市德城区建设街以北，原吕家巷），以诗书为伴，耕读自娱，平时最爱吃扒鸡。康熙与田雯君臣可谓老相识，之前康熙曾三次在瀛台召见过田雯，田雯出任江南巡抚时，康熙御赐鞍马，并在瀛台赐宴。这次康熙驻跸德州，特意住在田家。田雯虽曾做过高官，但他为官清廉，囊中羞涩，家中既无名师御厨，又无山珍海味，拿什么招待圣驾呢？他灵机一动，派人买来几只刚出锅的上好扒鸡，用家乡的特产来为皇帝接风洗尘。康熙帝一尝，味香肉鲜，连连称赞，不觉脱口而出："真乃神州一奇也！"德州扒鸡由此美名远扬。

2. 宁津名吃

长官包子大柳面，要吃驴肉到保店

　　宁津县位于山东省西北部冀鲁交界处，东邻乐陵市，南连陵城区，西与北以漳卫新河为界，与河北省的吴桥、东光、南皮三县隔河相望。宁津最早可追溯到夏朝时期，后经朝代更迭而更名，直到1949年恢复宁津县这一名称。宁津美食颇具名气，其著名的三大美食已被编成耳熟能详的民间谚语，即"长官包子大柳面，要吃驴肉上保店"。

长官包子属于清真食品，因诞生于长官镇而得名，被列为宁津的三大名吃之一。长官包子的特点是面白皮薄，油汁不溢，味浓香而不烈，馅鲜肥而不腻，形、色、味俱佳。包子馅全部选用新鲜的上等牛、羊肉，剔净筋骨，切成块、剁成馅，配葱姜细丝，拌馅时用小磨香油、上等酱油、花椒水等。包包子时有个口诀：上捏三十二，形似一朵花，封口严而实，汤汁不外洒。这样蒸熟的包子看起来如一朵朵盛开的菊花，不仅好看还好吃。

长官包子最早出名在清道光时期，和清朝洋务大臣张之洞有些渊源。据说张之洞到长官镇的一家张姓名门望族做客，张姓家族长辈设宴款待张之洞，席间的主食就是长官包子。张之洞吃后夸赞说："与天津狗不理包子相比，长官包子更胜一筹。"这让长官包子更加出名。

大柳面比长官包子"成名"要早，最早可追溯到清乾隆时期。大柳面的创立和传承也是从一家张姓面铺开始的。大柳面和长官包子一样，因其所在地而得名。大柳面的特点是"弓弦面条""金丝缠碗"，其面卤有"炸酱、肉卤、麻酱"三种，然后再加配料，如黄瓜丝、香醋、香椿芽等，拌食的配料可多达十几种，所谓"吃上一碗大柳面，皇帝御膳都不换"。

保店驴肉同样因其产地而得名。俗话说："天上龙肉，地上驴肉。"驴肉的鲜美可见一斑。保店驴肉最早扬名于清嘉庆年间，那时一直是清廷的贡品。由此可以看出，宁津三大美食都"成名"于清朝，按先后顺序排列是大柳面、保店驴肉、长官包子。其中出名最晚的长官包子也有两百年历史了，可见宁津美食历史悠长。

3. 撅腚豆腐

老德州小吃

大家初一听"撅腚豆腐"这个名字，可能会不知所云，但如果您是一个"老德州"，就一定会会心一笑。

德州撅腚豆腐是本地最具特色的小吃之一，有很长的历史了。为何取这个名字呢？过去，老德州人做豆腐都是下半夜起床，卤水嫩点，天亮后正好熟透；然后把做熟的豆腐用担子挑到街头，一不带碗碟，二不带筷子，只带许多小木板（约二十厘米长，十厘米宽）、一碗甜面酱、一碗辣椒酱，备有许多小竹板。没有碗碟，怎么盛豆腐？不用勺筷，怎么吃豆腐？这些小木板、小竹板就派上用场了。

卖豆腐的小贩用刀将豆腐一片片切至小木板上，吃豆腐的人端着木板，取小竹板抹上甜面酱或辣椒酱，低头便吃。因怕弄脏衣服，人人低头撅腚吃热豆腐，因此得名"撅腚豆腐"。民谣云："咸辣香味匀，豆腐烫嘴唇。下肚热乎乎，解饿又养神。花上两三角，撅腚吃一顿。最好溜早吃，州城一见闻。"

撅腚豆腐

　　过去，德州城南门里第二个十字路口喧哗角卖"撅腚豆腐"的小贩最多。一大早，小贩将热豆腐切成片，放在小木板上，食客用小竹片将甜面酱、辣酱等佐料抹在豆腐上，然后端起小木板趁热吃。豆腐又热又软，食客都弯腰弓背，吃得满面红光。

　　如今，城西北小锅市的一家"撅腚豆腐"非常红火，一大早就有人排队，小店生意兴隆。现在的吃法也和过去有所不同，大多不再站着吃，而是坐着，拌料也比过去丰富多了。

4. 德州羊肠子

一碗热腾腾的风味早餐

　　老德州羊肠子，原名"清汤羊血肠"，老德州人俗称"羊肠子"。羊肠是德州的一种传统风味小吃，相传是由一百多年前生活在老德州城区的一个名叫吴三麻子的满族人发明的。关于德州羊肠子，还有一段耐人寻味的故事：清朝，德州有满洲驻防营，旗人过着衣食无忧的生活。辛亥革命爆发，清政府倒台，这些特殊的公民一下子陷入了衣食无着的境地，满族人吴三麻子原来在家中喜食羊肠子，其法秘而不传。此时为了生计，也只好挑起担子，上街做起了卖羊肠的摊贩。由于风味独特而又只此一家，居然一炮打响。吴三麻子去世后，其羊肠制作方法被在他家扛活帮工的杨某继承下来，并延续至今。

老德州羊肠肠衣薄脆，肠嫩滑，异香袭人。虽用羊肠、羊血制作，却经过巧妙的加工，绝无腥膻之味。

老德州羊肠子制作工艺复杂，第一道工序是灌血。把羊肥肠洗净，每段截成二尺多长，拴死一头，再把新鲜的羊血过滤，除去羊毛等杂质，加上姜末、胡椒粉和精盐等，用漏子把血料灌入肥肠内，但不能灌满，防止煮时爆裂。另一头也用绳系死，勿使外溢。第二道工序是蒸煮。把灌好的羊肠放入沸水锅内煮，要边煮边用竹签扎眼放气，待血块凝固就可捞出。第三道工序是小火慢炖。卖的时候，再把已经煮好的圆滚滚的羊肠子放在汤锅里，用小火慢煮，陪煮的有羊脆骨、羊筋等。用筷子从锅里夹出一段羊肠子，切成一寸左右的小段，排到碗内，再洒些胡椒粉、葱花、盐、香菜等佐料，接着从锅里舀出一勺热汤浇在羊肠子上面，一碗热乎乎、香喷喷的羊肠子就做好了。德州羊肠爽而不腻，异香诱人，不腥不膻。

在德州，向来有"请客送礼买扒鸡，养生保健喝羊肠"的

老德州羊肠

说法。因德州羊肠子的制作方法为德州独有，故其也是德州人记忆中的家乡味道，是德州独特的乡土符号。

5.古贝春酒

买好酒，贝州走，大船开到城门口

武城是历史上第一状元孙伏伽的故乡，自古盛产美酒，醇香远飘运河两岸，古贝春酒就是其中的代表。

武城古称"贝州"，贝州美酒名扬运河两岸。"买好酒，贝州走，大船开到城门口"，古老的歌谣承载着武城盛产佳酿的传统，在运河之畔传唱至今。作为武城的一块"金字招牌"，自晚清以来，古贝春酒有记载的传承人已有五代。从第二代传人于宝星创立的"于家酒作坊"，到如今的古贝春集团有限公司，古法酿造代代传承，不断创新，历久弥新。

武城古贝春酒是典型的浓香型白酒，是北方浓香五粮酒的代表之一。古贝春酒的传统酿造技艺历史悠久，最早可追溯至晚清时期。当时，武城县南屯村的柴、胡、何、马、于五家酿酒作坊闻名于当地。20世纪初，于家作坊掌柜于宝星汲取多家酿造技艺，独树一帜，于家酿酒作坊的影响

古贝春酒酿造工艺——出甑

力不断扩大，逐渐发展成了武城规模最大的酿酒作坊。于家酒沿运河行销各地，成为当地名酒。

新中国成立前，武城酿酒业基本以个体经济的形式发展。1952年实行公私合营，各家作坊组合起来成为一家，成立了山东武城酒厂（即古贝春集团有限公司前身）。后来，中国白酒十大著名品牌之一"古贝春"在此诞生。

在清光绪至民国年间古井、古窖池的基础上，数家作坊各骋所长，创出"混蒸杂粮酒工艺"，所用粮食有五种：高粱、小麦、玉米、大米和江米。高粱产酒香，小麦产酒糙，玉米产酒甜，大米产酒净，江米产酒浓。五种粮食合理搭配，酿造出的白酒诸味协调。这种酿造工艺不断改良，形成今天的"混蒸混烧跑窖工艺"。其特点可概括为"三高、一低、一长"，"三高"是入池时的淀粉含量高、酸度高、温度高；"一低"是用糠量低，即熟稻糠的用量低；"一长"是发酵期长，达九十天。经过一代代古贝春传承人的不断创新，又发明了"包包曲"和"人工窖泥"，使该工艺日趋完善。

目前，国内外对浓香型白酒的研究很多，但是对浓香型白酒酿造工艺的研究却很少。所以，保护和传承好古贝春酒传统酿造技艺对传承我国酒文化意义非凡。2016年，古贝春酒传统酿造技艺被列入山东省第四批省级非物质文化遗产代表性项目名录。

1991年，古贝春集团搬迁至新城。2017年，老城酒厂开始作为工业文化展示基地使用。古贝春酒厂旧址厂区占地面积约38000平方米，南北长约145米，东西宽约265米，基本保留了 20 世纪 60 至 80 年代的整体布局和建筑风貌，较完整地展示了从购置粮食、入池发酵、勾兑灌装到成品出库的早期酿酒工艺，以及从粉曲、采曲到发酵的制曲工艺，成为鲁西北白酒工艺文化的典型代表。

（二）民间艺术

1. "一勾勾"

临邑乡间的"一呕吼"

"一勾勾"是德州临邑县一带的传统剧种，流行于德州、聊城、滨州等地。

"一勾勾"是由高唐一带的鼓子秧歌发展而来的。高唐鼓子秧歌是一种民间演唱艺术，在形成初期，演唱者腰挎花鼓，自己打鼓自己演唱，后来发展成"一勾勾"这种戏剧形式。

"一勾勾"以四胡为伴奏乐器，人称"四根弦"，行当有青衣、花旦、胡生、小生、花脸、丑等。"一勾勾"的演出形式较为传统，演员多为民间艺人，剧团一般在春冬农闲时节组织演出。演员白天在村里劳动，晚上登台唱戏，乡人常称之为"锄草班"。由于"一勾勾"的唱腔中带有"一呕"或"一吼"唱法，常被称作"一呕吼"，时间长了人们就把它说成了"一勾勾"。

"一勾勾"《王小赶脚》剧照

　　自清代中叶开始，临邑一带便有老艺人们组成的"一勾勾"班社，他们一边演出一边带徒传艺。清末民国时期，这种艺术形式在民间进一步流传。

　　20世纪50年代初，在当地政府的大力支持下，张志杰、张洪学、焦连坤等人组织成立了"一勾勾"剧团，全团共十余人。1955年，该剧团代表临邑县参加山东省业余戏曲会演，引起了上级文化部门的重视。为保留和发展"一勾勾"这一地方剧种，1959年秋，由临邑县人民政府批准，正式成立了临邑"一勾勾"剧团，张志杰任团长，焦连坤任副团长，"一勾勾"剧团深入城乡演出，在群众中广泛传唱，大人小孩都会吼两句。如今，在临邑广大农村，仍有一些业余班社存在，他们的演出仍然受到群众的广泛欢迎。

　　"一勾勾"现存的传统剧目共有七十多个，主要有《东秦》《西秦》《坐楼杀惜》《梁山伯与祝英台》《墙头记》《胡林抢亲》《三进士》《女驸马》等。从1962年至1965年间，各民间剧团又相继排演了现代戏《迎春花》《刘胡兰》《洪湖赤卫队》《前沿人家》《巧遇》《社长的女儿》《丰收之后》《夺印》《三世仇》等十几个大、中、小型剧目，很好地配合宣传了党的中心工作。

2006 年，"一勾勾"入选国家级非物质文化遗产代表性项目名录。

2. 宁津杂技

鲁西北的艺苑奇葩

宁津杂技历史悠久，源远流长。明清时期达到了艺术的高峰，表演精湛，人才辈出，在国内外杂技界颇负盛名。宁津杂技与吴桥杂技同根同源，两地素有"杂技之乡"之称。

明清时期，由于卖艺活动的普及，杂技演化为江湖把戏，宁津杂技得到了前所未有的发展，并出现了许多新的优秀杂技节目，如"皮条""口捻子""脑蛋子""抛青子""口技"等。由舞枪弄棒发展而来的"飞叉"和由民间游艺发展而来的"打花棍"，表演要求演员更加灵活敏捷。"蹬技"节目出现了女性演员，"撂地"和"堂会"等表演形式也非常流行。清光绪年间，宁津县野竹李村的"艺人张"在京城表演了"顶竹竿过城门"的绝技，位居七十二道皇会之首，震惊了京城内外，在当时影响很大，宁津杂技也随之誉满京城。

"不赶九月会，不算生意人"之说，至今在杂技艺人中仍有流传。所谓"九月会"，是指宁津黄家镇九月的杂技古会。

它既不是名刹古寺的香火庙会，也不是水陆码头的物资贸易大会，而是专为杂技艺人道具买卖、技艺交流、组班搭伙举办的行业性古会。

据南八寨野竹李老艺人孙宪元及道口街百岁老人李哲铨等回忆，古会上的杂技、魔术等各类表演煞是红火热闹，村里村外棚挨棚，摊靠摊，让人目不暇接；各式各样的"摆子"（布制宣传画）把黄家镇装扮得五颜六色；棚里棚外"唱锣歌的""喊影身的"（皆为口头宣传）此起彼伏，又念又唱、有领有和。软功、硬功、轻功、气功表演各有拿手绝技，耍飞叉、踩立绳、走钢丝、转花蝶、抖空竹、蹬大缸、二鬼摔跤等表演应有尽有，真可谓"艺分百种，戏称千台"。

杂技古会迎来了各路艺人，真可谓群英荟萃、高手云集。古会结束，他们或一家一户，或搭帮结伙，走京串卫、闯关东、下江南、进陕甘卖艺谋生。但无论走到哪里，一般到来年都会再回黄家镇聚会。至清末民初，不少艺人远走异国他乡谋求新的生路。黄家镇的黄福升十几岁时在会上拜师学艺，后随师周游了西欧十多个国家。驰名中外杂技界的孙家班班主孙福有原是一杂技班的挑夫，后在古会上买得一毛猴学艺谋生，光绪二十八年（1902）只身一人到俄国参加了伊扎克杂

宁津杂技

技团。1930 年，创建了中国第一个大马戏团——中华国术大马戏团，并率团先后到印度、新加坡、泰国等南洋诸国演出。艺人们在海内外的游历、演出，不仅使黄家镇名声大振，而且促使古会规模的不断扩大。

在长期的传承和创新中，质朴粗犷、刚柔相济的宁津杂技显示出"惊、险、奇、美、新"五大艺术特色，具有极高的审美价值、观赏价值和文化价值。宁津杂技门类齐全，有表演类、魔术类、马戏类、驯兽类四个类别，其中表演类有六十余个节目。古老中幡、柔术叼花和滚灯、空中飞人、爬竿、钢丝高车、叠罗汉、走钢丝、蹬技、地圈、对口叼花等十余种节目更是中国杂技文化的奇葩。

1995 年，宁津县被文化部命名为"中国民间艺术（杂技）之乡"。2008 年，宁津杂技正式入选第二批国家级非物质文化遗产名录。2011 年 1 月 18 日，全国首家杂技文博馆展馆——宁津杂技文博馆落成。杂技文博馆分为杂技之源、发展之篇、辉煌之诗、传承之路四个部分，凸显了宁津老艺人逐步把杂技文化推向世界前沿的卓越智慧，体现出现代宁津杂技人将杂技文化不断推向世界的光辉成就。

3. 马堤吹腔

起源于夏津马堤村的柳子戏

马堤吹腔即柳子戏，是一个古老的剧种，其主要伴奏乐器是笛子、笙、唢呐等吹奏乐器，故俗称"吹腔"。因在夏津县南部运河之畔的马堤村唱响并代代传承，故名"马堤吹腔"。该剧自清咸丰年间唱响后，沿京杭大运河传遍沿岸各地。

马堤吹腔旋律优美，曲调委婉，曲牌板式固定，能够表现细腻复杂的思想感情，有"九腔十八调，七十二哎嗨"之称。角色行当分生、旦、净、末、丑五大门类，主要曲目有《双换魂》《寒江关》《挂龙灯》《白云洞》《王小赶脚》《投营》等四十多个。马堤吹腔在村民口传身授的传承方式下历经九代，到民国后期曾一度绝迹。1950年以后，由村民王金良、荆传度、张老茂、王金明等人再度发起，并在夏津县杨堤一带及靠近临清、武城两县周边的村庄演出，该剧再度兴起。

马堤吹腔经典剧目《挂龙灯》

2009年，马堤吹腔入选山东省第一批省级非物质文化遗产扩展项目名录，从而得到了国内戏曲学术界的高度重视。越来越多戏剧学术界的团体和个人慕名来到夏津马堤村采风、交流，这项古老艺术步入了新的发展时期。同时，在政府的大力支持下，马堤吹腔剧团得到了发展，有老少演员四十多人，搜集整理了二十余出传统剧目，还创作了《巧训儿》《父子争印》《王思乡还乡》等反映当今农村变革的现代吹腔剧目，古老艺术焕发出勃勃生机。

如今，以马堤吹腔传人王玉坤为首的马堤吹腔剧团，演职人员全是土生土长的农民。他们或农或商，每逢农闲、节日或农村举行礼俗活动时便聚在一起演出，剧团规模较大，行当齐全，文武场配备得当，能演出马堤吹腔传统剧目二十余个，演奏曲牌四十余支，深受乡亲们喜爱。

4. "抬花杠"

武城南屯民间习俗"大姑出巡"的演变

"抬花杠"又称"花杠舞"，是由传统习俗"大姑出巡"演变而来的民间艺术活动，广泛流传于武城县南屯一带。

相传在明弘治年间，南屯村有座大姑庙，庙里供奉的"大姑"是王母娘娘的女儿。每年农历四月十八，人们都会抬着花篮到大姑庙前表演，以博得"大姑"的欢心，祈求风调雨顺，这便是"抬花杠"活动的起源。可见，"花杠舞"始于民间祈雨的祭祀舞蹈。

清乾隆年间抬花杠达到鼎盛，形成了沿运河以南屯村和四女寺

"抬花杠"

村为中心的花杠队大联合，舞步动作及表演套路得到进一步规范。其表演方式为：两人抬一杠，同一场地最少四组。抬杠者不能用手扶杠，要利用头、肩、背的颤力变换动作。主要表演动作有：头顶杠、转肩、换肩、转背、颤背、蹲步、挖步、轻步等，这些动作集舞蹈、武术元素于一体，既能娱乐大众，又能强身健体。

20 世纪中期，大姑庙和娘娘庙被拆除，祭祀活动也不再举行。备受人们青睐的抬花杠又与龙灯狮舞等其他民间艺术形式一起出现在春节、元宵节等节庆场合，由祭祀专用舞蹈转化为民俗自娱舞蹈，成为民间艺术的奇葩。

1979 年，武城县文化馆对"花杠舞"进行了发掘整理和艺术加工，把它从民间搬上舞台，在德州地区文艺会演中获评优秀节目；同年赴省会演，获评山东省优秀节目；1984 年，中国舞协将"花杠舞"录像保存。1992 年"花杠舞"被收入《中国民族民间舞蹈集成山东卷》，同年在中国沈阳国际民间文化艺术汇演中荣获优秀节目。1996 年参加中共山东省委宣传部、山东省文化厅举办的齐鲁民间广场艺术展演，荣获黑牡丹奖。2019 年 4 月，受邀参加第 36 届潍坊国际风筝会非遗展演活动。

2006 年，"抬花杠"入选山东省第一批省级非物质文化遗产代表性项目名录。

5. 齐河绣球灯舞

齐河官庄的社火舞

绣球灯舞起源于齐河县祝阿镇官庄村，广泛流传于济南市长清、北园一带，是一种表达百姓风调雨顺、安居乐业愿望，集武术、舞蹈为一体的民间艺术活动。

三百年前，百姓在饱受兵荒马乱、漂泊流离之苦后，迎来了康乾盛世。为了庆贺安定生活的到来，每年春节，淳朴的官庄村村民便表演"社火"庆祝。经过几代人的传承，当年的"社火"表演逐渐演变成现在的"绣球灯舞"。

如今，绣球灯舞已形成一套完整的舞蹈、武术套路，其代表性动作有"单双剪子股""四门斗""串花"等。绣球灯舞的表演者还会用绣球灯摆成"天下太平""天下一品"字样，表达他们对美好生活的向往。节庆时节，夜幕降临，在锣鼓声、唢呐声、鞭炮声汇成的"交响乐"中，热闹的绣球灯舞动起来，似行云流水，如流星追月，表演者们舞姿矫健、灵敏活泼，气氛热烈、奔放、激越，令人惊叹。

2006年，"绣球灯舞"入选山东省第一批省级非物质文化遗产代表性项目名录。

齐河绣球灯舞

176

6. 德州跑驴

起源于德州城郊马庄村的民间舞蹈

相传，德州跑驴最早起源于德州城郊马庄村（现德城区新湖街道马庄社区居民委员会），至今已有六百多年的历史。德州跑驴题材大多源于民间喜剧《王小赶脚》，其主要表演形式大量套用了《王小赶脚》的戏剧程式和基本动作。据传民国时期，原马庄村村民袁福生二十二岁时因赶马车结识了在德州驻军的军人刘长河。刘长河对《王小赶脚》的唱段和编排很熟悉，便与袁福生共同探讨，将这一文艺形式进行整理改编，使之成为一种有故事情节和人物形象的民间舞蹈形式。他们将原剧中代指驴的马鞭改为扎制成型的"毛驴"，让女演员将"毛驴"挎在身上，给观众以人骑在驴上的感觉。袁福生凭借自己多年来与驴马相处和挥鞭赶车的经验，再加上在老家练就的一身拳脚功夫，创造出一套生动鲜活的舞蹈动作，使跑驴逐渐形成了较为完整的舞蹈艺术形式。由马庄村老艺人传授，业余演员刘万仓、刘子升合演的节目《跑驴》，在 20 世纪 60 年

德州跑驴

代华东地区文艺汇演中获得大奖。2013 年，德州跑驴入选山东省第三批省级非物质文化遗产代表性项目名录。

今天,跑驴已成为德州独特的秧歌形式,又称"小黑驴""小毛驴"，是一人执驴形道具扮骑驴妇女、另一人扮赶驴人的双人秧歌，一般在跑小场时表演，也可单独表演。它借用《王小赶脚》的故事，是一种以表现夫妻赶驴回娘家为内容的舞蹈形式。

7. 蹦鼓舞

德州陵城区最为流行的广场舞

德州陵城区一带的蹦鼓舞自元朝流传至今，已有七百多年的历史。蹦鼓舞由古代的宫廷舞蹈逐渐发展为今天的广场舞蹈，具有很高的艺术价值，是中华民族民间舞蹈的重要组成部分。

古代蹦鼓舞主要供统治者在节庆、迎宾和宴会时娱乐。随着时代变迁，该舞种逐渐演变为一种群众同观共赏、同欢共乐的文娱形式，成为陵城区最为流行的广场舞。

蹦鼓舞

蹦鼓舞有着与其他秧歌不同的鲜明特征，其表演形式以蹦跳为主。舞者手中的鼓和鼓槌形状十分特别，鼓似腰鼓但比腰鼓短，鼓槌为鞭形，击鼓时舞者跃起，用鞭槌顶端的疙瘩击打鼓面，从而发出清脆、热烈、欢快的声音。另外，舞者动作中的"飞脚腾空"和"蹦雁探海"也是其他秧歌中所没有的，这两个动作讲究的是在跃中打，要求舞者跃起飘逸洒脱，落地稳健有力。

2016年，蹦鼓舞入选山东省第四批省级非物质文化遗产代表性项目名录。

8. 宁津斗蟋

帝王斗蟋的贡品

中国蟋蟀文化历史悠久，源远流长。捉蟋蟀、养蟋蟀、玩蟋蟀、斗蟋蟀是一项普遍的民间娱乐活动，以其独有的趣味性，历经千年而不衰。宁津蟋蟀兼具南北蟋蟀的特点，既有南方蟋蟀个大、头大、顶大、腿大、皮色好的体型优点，又有北方蟋蟀体质强健、勇猛善战、斗性顽强、耐力十足的优势，是历代帝王斗蟋的贡品。

民间传说，宋徽宗的皇后是德州刺史王藻的女儿，名叫王敏。王皇后从小饱读诗书，为人宽厚善良、知书达理，对皇帝不理朝政、整日沉迷斗蟋取乐的行为很是看不惯，她多次规劝皇帝，但不起作用。皇后甚感抑郁，不久病亡，年仅二十五岁。王皇后死后变为一只乌头金翅大蟋蟀，终日在宋徽宗耳边啼鸣："夫君醒来！夫君醒来！"靖康二年（1127），金兵攻陷汴京，徽钦二帝、宫廷后妃、宗室贵戚、朝中大臣数千人全部被掳往金国上都。北上时，宋徽宗还不忘带上平时玩的蟋蟀。行至鬲津河畔的临津县（今宁津县保店镇），再往北就是金人的地盘了。王皇后化身的乌头金翅大蟋蟀看到她父亲曾经管辖的地方土地湿润，阳光明媚，空气清新，感到非常留恋，于是便不想再往前走。此时，忽然晴天一声霹雳，把随车的金罐、银罐全部震裂，随着乌头金翅大蟋蟀的一声鸣叫，群蟋蟀齐声振翅高歌，一会儿就跳进青纱帐里无影无踪了。宋徽宗目睹此景，黯然神伤，凄然垂泪道："莫非尔等也留恋故土，不愿随朕去当亡国奴？也罢，你们就留于此地，八百年后再称霸神州吧！"

清代，皇室贵族以斗蟋为嗜好，每年秋季，京师都会架设起宽大的棚场开局赌博。当时，宁津蟋蟀是清廷的特殊贡品。传说，清同治年间的一个初秋，为了讨慈禧欢喜，太监李莲英派手下贾大鼎、郭老福两人来到宁津县尤集乡陈庄村挑选蟋蟀。二人都是外行，只认个头大的，还趾高气扬、飞扬跋扈。村民很是看不惯，于是拿出几只体型巨大的雌蟋蟀，把显示其为雌性的尾巴剪掉，献了出来。两特使回到宫中，拿出大蟋蟀，慈禧如获至宝，可几经挑逗，蟋蟀就是不斗。仔细看时，才知道原来是雌的，慈禧大怒，因为"雌蟋"与"慈禧"谐音，有影射慈禧无能之意。

宁津蟋蟀不但产量大，而且个头较大，体质健壮，在全国蟋蟀大赛中屡屡夺冠，是中国蟋蟀中的"将军"与"蟋蟀王"。其种类有北京种油葫芦、斗蟋、长颚蟋等。其中，北京种油葫芦也叫"宁津油葫芦"，善鸣好斗，品貌超群，最具代表性。

斗蟋

　　随着生活水平的提高和文化娱乐活动的多样化，宁津民间养蟋、斗蟋之风大盛，宁津蟋蟀成为一种极具发展潜力的重要资源和一大特色产业，宁津也被称为"中华蟋蟀第一县"。

（三）传统技艺

1. 德州黑陶

土与火烧出的艺术

　　德州地处黄河冲积平原，属封闭型洼地，土壤偏黏，土壤和沙泥融合后形成大量红胶泥层，这为德州黑陶陶艺的发展提供了天然的条件。

　　德州黑陶历史悠久，可追溯到四千多年前的龙山文化。德州是龙山文化的重要发祥地之一，德州先民创造了辉煌灿烂的黑陶文明。如在尹屯遗址中发现了大量的黑陶片，在邢寨汪遗址中发现了非常精美的黑陶杯。

20 世纪 70 年代，德州制陶老艺人经过大量实验，以德州运河河畔特有的胶泥为原料，并用传统的手工轮制工艺，成功复原了龙山黑陶。

德州黑陶采用手工轮制工艺，既保留了传统的单层拉型成坯，也创造出一底双层合成坯，或复制、或衍化、或创新。造型上，以捏制、盘条、贴塑和轮制成型，形制多为各种仿青铜陶鼎、镂空花瓶、浮雕瓶、笔洗、笔筒、葫芦、香炉、烟壶、挂盘等，简洁流畅，古朴典雅，或粗犷朴拙，或灵巧精致，粗中见细，犷中见精。色调上，陶体表面虽有光泽却不浮艳，在阳光的照射下呈现出一种金属感，黑中泛蓝、蓝中透紫。纹饰上，雕镂古拙、线条流畅，坯体表面以画线、压花、阴刻、浮刻、立体刻、镂空等技法为主，采用透雕、浮雕、浅雕、镂空等多种技术手段，并汲取了剪纸、木雕、刺绣等民间艺术形式的精华。图案多取材于花鸟鱼虫、松竹梅蝶等自然景物，错落有致，玲珑剔透，浑然天成，表现出立体抽象、色泽丰润、魅力超群的艺术效果，富有浓厚的民族特色。

德州黑陶

德州黑陶特色鲜明，除少数盘龙雕凤的宫廷式样外，绝大部分显露出浓郁的民族民间特色。如双层套的大肚子香炉，镂空浮雕十分精致；腹部刻有龙凤呈祥浅雕图案的"龙凤瓶"，整个瓶体都是云形镂空图案，两侧有立体双龙对卧，恰好为瓶的双耳，构思令人叫绝；德州黑陶中的代表作蛋壳陶最富龙山文化特征，它薄如蛋壳，厚度仅 0.3 毫米，漆黑发亮，是德州黑陶艺术珍品。

如今的德州黑陶保留了传统黑陶黑、光、轻、薄的艺术特点和高雅华贵、简朴流畅的远古风味，散发着浓郁的东方文化气息。同时，黑陶匠人又结合现代审美要求，创造性地将雕、刻、镂、画融于一体，使陶器呈现出形奇色艳、富丽堂皇、色泽丰润的艺术效果。德州黑陶赢得了"薄如纸、硬如瓷、声如磬、亮如漆"的美誉，深受各界人士喜爱。

2014 年，德州黑陶烧制技艺入选国家级非物质文化遗产代表性项目名录扩展项目名录。

2. 德州红绿彩

德州古瓷的复活

德州瓷历史悠久，宋元时期走向鼎盛。这一时期的运河两岸，窑口众多，相互辉映。1980 年，在德州液压元件厂发现了一处宋元瓷窑遗址，出土了大量碎瓷片、瓷俑、古钱、支烧等。2006 年 6 月，德州方向机厂院内施工现场，大量宋元时期的瓷俑、瓷盘、瓷碗、瓷枕等瓷器被发掘出来，其中以红绿彩居多，德州古瓷窑自此揭开神秘面纱。从出土器物来看，窑址年代最早是宋徽宗时期，绵延金、元两代二百余年。瓷器上绘有艳丽的红、绿、黄彩，属二次烧制的釉下彩，这类工艺被称为"宋加彩"。部分瓷器上烧制有"泰和""正大"等年号，出土的铜钱有"太平通宝""景祐通宝""崇宁通宝"等。据此推断，瓷窑年代最早是宋代，最晚是元代，故称其为"宋元瓷窑遗址"。而德州红绿彩多烧制于金代中期以后。

　　红绿彩瓷出现以前，以青瓷、白瓷为主的"素瓷"占主流。到了宋金时期，勇于创新的德州窑匠人从宋加彩的工艺中分离出来，汲取"唐三彩"、宋代写意画的艺术手法和北方民间年画的养分，创造了具有里程碑意义的红绿彩。元末明初，战争熄灭了德州窑的窑火。匠人们背井离乡躲避战乱，同时把德州窑红绿彩的制瓷工艺带到了南方，为彩瓷工艺的发展奠定了基础。德州红绿彩的制作有过很长一段时间的中断，直到2006年出土大量红绿彩文物，这一古老的技艺才得以传承和延续。

德州红绿彩

德州窑红绿彩属于釉上陶瓷彩绘，是在已经烧成的瓷器上面进行彩绘，然后再入窑以八百摄氏度的低温进行烧制，属于二次烧成。德州窑红绿彩在中国陶瓷史上具有重要的历史意义，它开创了中国釉上陶瓷彩绘的先河，为之后的五彩、斗彩奠定了基础。

如今，德州匠人在传统红绿彩工艺的基础上，大胆融入了现代审美元素，使德州红绿彩大放异彩。走进大运河旁的德州红绿彩陶瓷博物馆，最引人注目的就是穿着龙纹中式长裙、面目清秀的瓷美人系列作品。匠人们从宋金时期的瓷人俑上汲取灵感，将红绿彩彩绘与古彩、粉彩等技艺相结合，工艺更加讲究，造型更加立体。同时用红绿彩的传统手绘方式，红彩勾线，绿彩填涂，使整件作品在造型上更加精细。彩绘也融入了龙纹、海水纹这样的传统纹饰，使画面更加鲜活，更符合现代审美。

3. 德州古埙

泥土的余韵

埙是中国古代特有的闭口吹奏乐器，形状多种多样，大部分为平底、卵形。埙的材料以陶土为主，有时也能见到石制、骨制的。考古研究表明，早在六千至七千年前，埙就已经广泛存在于河姆渡文化及半坡文化等史前文化之中了。

晚清时期，宁津县小店乡王庄的举人吴棠（1842—1902）涉猎广泛，精通书法、绘画、音乐，从地下发掘出一个破损的古代陶埙。这引起了他的浓厚兴趣，经过年复一年的苦心钻研，

德州古埙

他终于将陶埙复制出来，并写了一部《埙谱》。

德州西郊五里庄村的李雨村（1885—1951）受家庭熏陶，自幼爱好音乐，青年时代就对笙、管、笛等乐器有较深的造诣。他和吴棠有亲戚关系，所以求得手制陶埙和《埙谱》手抄本，从此痴迷于陶埙的制作和研究。

李雨村制作的埙，是用德州城南芦庄花盆窑厂的胶泥制成坯体，再请窑厂代烧的。由于当时没有手摇式半机械化设备，他就自创了一套纯手工的木模型法制埙工艺，校音、定调就靠其他乐器和自己的耳朵。19世纪20年代初，他制出了第一批五音孔陶埙，在山东省公署济南博览会上展出，并获得了银质嘉禾章一枚，奖状一张，展览的陶埙被山东省图书馆收藏。

李雨村先生的后人在古埙制作和《埙谱》研究方面更上一层楼，德州古埙经过几代人的传承发展，至今仍然闪耀着独具古韵的光辉。如今，李氏陶埙按传统十二平均律，制成了九孔陶埙，成为德州古埙制作技艺的代表之作。

2009年，德州古埙制作技艺入选山东省第二批省级非物质文化遗产代表性项目名录。

4.德州剪纸

剪刀与红纸的艺术

剪纸是我国民间传统的美术形式，是以纸为加工对象，以剪刀（或刻刀）为工具进行创作的艺术。剪纸艺术历史悠久，如以纸的发明时间推算，至少已有两千多年的历史。目前发现最早的剪纸作品实物是于新疆出土的距今一千五百余年的团花剪纸。剪纸在我国南北方各民族间都广泛流传，南北风格差异较大，总体来说北方剪纸单纯粗犷、南方剪纸秀丽细腻。剪纸在民间生活中具有祭祀、装饰等多重功能。

德州剪纸历史悠久，从造型风格上可分为两类，一类粗犷豪放，一类柔媚细致。从功用上可分为喜花剪纸、节日剪纸和日用剪纸三类。喜花剪纸是运用于婚寿庆典中的剪纸，有贴于窗上的喜窗花，贴于馒头和烧饼上的馒头花、烧饼花，贴于房间顶棚上的顶棚花等，花纹内容有喜鹊、石榴、双喜字等；节日剪纸包括春节的窗花，元宵节的灯花，中秋节的"月光纸"，端午节时的艾虎、桃、剑等花样；日用剪纸主要是绣样剪纸，绣样剪纸是为绣花而剪的底稿。总之，德州剪纸是因事而剪、随事而变，体现出民间艺术与世俗生活的水乳交融。

德州剪纸丰富多彩，其中窗花、花样、喜花、吊钱、顶花、拉花、贴花等最具地方特色。

窗花是民间最为普遍的剪纸形式。过去，每逢乔迁或节日，家家都会用红纸剪窗花，贴在窗子上，美观而喜庆。20世

70 年代前，普通人家多为木制"百格窗"，糊以白纸。窗纸一年至少冬夏更换两次。窗子要留"气眼"，便于通风，"气眼"便用窗花点缀。气眼剪纸的花色及样式，也往往随着节令而变化，丰富多彩，玲珑剔透。特别是两大节日——春节和中秋，民间艺人及普通家庭的老太太、大姑娘、小媳妇们都操起剪刀，游龙戏凤，各显神通，剪出的形式多种多样，有"喜上眉梢""松鹤延年""喜鹊登梅""瓶生五福""岁寒三友""麻姑献寿""蝈蝈萝卜""蜻蜓戏莲""胖小抱鱼""鸳鸯戏水"，等等。

剪纸传承人及其作品

　　剪纸长期以来流传于农村，与农民的日常生活紧密相连，体现出人们对生活的美好愿望，这从题材内容的选择上可以看出。如过春节剪"连年有余""吉祥如意"，婚事剪"鸳鸯""蝙蝠"，老人生日剪"长寿桃""松鹤延年"等。剪纸大多是不识字的农村妇女闲暇时所为，受文化水平和生活方式的限制，她们的创作很难突破原有的题材与地域风格、审美风格。而近代在民间剪纸的基础上发展起来的剪纸创作，则出现了有男性参与的、具有较全面艺术修养的专业剪纸艺人，他们的创作对传统的剪纸技艺有很大拓展。如形式上由表现吉祥喜庆到展现现实生活，内容由花、鸟、虫、鱼到山水景色、民间故事、戏文人物等，构图也更为复杂，方法由剪裁发展为刀刻，传统的剪纸工艺有了新的突破。

如今，以德城区的"建志剪纸"、陵城区的"朔之乡剪纸"、宁津县的"宁津剪纸"和夏津县的"姜存荣剪纸"艺术成就最高，四家剪纸工艺均入选德州市市级非物质文化遗产代表性项目名录。

5. 金丝彩贴
中国奇画"东方一绝"

金丝彩贴是由民间贴画发展而来的。20世纪90年代，德州艺人赵振利先生在民间布贴画工艺的基础上，经过不断的探索、实验，发明了独具特色的金丝贴工艺。这是古老的民间绝技与现代工艺结合的新产物，融国画、美工、布贴、镶嵌、名绣等艺术精华于一体，集中国工艺美术之大成，成为国宝级工艺品。

金丝彩贴是在挖掘我国优秀传统文化的基础上开发出来的，最适合表现花鸟、林木古建、历史人物等内容。国宝金丝贴高级工艺画不仅稀有、独特、外观精美、用料考究，更重要的是其有着极高的文化价值。加之采用了特有的装裱新工艺，画面平整，柔软耐折、适应性强；色、光、形特色鲜明，自然美感丰富，观感奇妙，多元效果，富丽堂皇，风格独特，被誉为"中国奇画""东方一绝"；画幅柔韧、耐潮、不易变形，方便携带和收藏，被誉为"第一装裱"，成为东方艺苑里的一枝奇葩，深受国内外各界人士的好评和喜爱。先后被认定为第四届世妇会指定标志产品，首届京剧艺术节珍藏纪念品，中国孔子基金会指定标志产品和专用礼品，杨利伟、潘家铮等中国十大科技人物授赠纪念品，霍英东先生1997年香港回归珍藏纪念品，陈香梅先生美国白宫珍藏纪念品，中华人民共和国第十一届运动会特选指定礼品。入选国家多种重要典籍，先后荣获45届尤里卡世界发明奖、1997年中国专利技术及新产品博览会金奖、1998年全国专利成果新技术新产品博览会金奖、亚洲国际新技术新产品博览会金奖、科学技术进步奖、日内瓦金奖、金皇冠奖等。

　　金丝贴先师孔子像、苏禄国东王像是国宝级精品，先圣孔子像外观精美、人物刻画细腻，高度达三米，远观富丽堂皇、富有立体感，近看做工精美，可随观赏者的移动而富有动感。德州苏禄王墓享殿内正中供苏禄国东王画像，画像系2007年采用国宝金丝贴工艺重新制作而成，金丝贴像高3.12米、宽2.18米，是有史以来最大的苏禄国东王画像。在制作过程中，有关专家以山东博物馆珍藏的原苏禄国东王画像（头部自胡须以上损坏）为蓝本，查阅了大量的文献史料，并邀请多位专

金丝贴苏禄国东王画像

家对制作方案进行论证,使苏禄国东王金丝贴像更贴近实际,具有较高的历史价值和艺术价值。此外,金丝贴花鸟画、山水画、民俗画等也不乏精品。

（四）民间传说

1. 后羿与嫦娥的传说

鬲津河畔的远古传说

四千多年以前,由于德州一带位于黄河下游的冲积扇上,地广野沃,生活在今鲁南、鲁东地区的东夷人陆续迁来。禹疏九河后,德州平原有鬲津、马颊、胡苏、钩盘、徒骇等五河顺流东下,原来湖沼滩涂棋布的德州东部一带河道畅通,逐渐变成膏腴之地。暖温带阔叶乔木与茂盛的草地灌木错落丛生,丰美的水草滋养了这里的食草种群,是獐、梅花鹿、麝等动物的理想生存环境,鹿类种群数量众多。鹿肉质鲜美、皮毛柔软且御寒性强,这就吸引了东夷的一支善射部落——有穷氏的到来。

当时的德州平原物丰野沃,后羿率有穷氏部民春夏耕耘,秋冬狩猎,繁衍生息,部落迅速发展壮大起来。后羿善射,几乎百发百中,能徒手与虎搏斗,威名远扬。周边部族如有鬲氏、有易氏等纷纷归服,后羿逐步成为东方诸部的首领,率部开疆辟土,辛勤耕耘,有穷部蒸蒸日上,成为夏初东部最强大的部落。

由于后羿具有非凡的射箭技术，后代流传着有关他的众多神话传说。相传，天帝为考验后羿，命十日并出，晒得禾稼草木都焦枯了，人们找不到吃的，猛兽毒蛇时常出没，为害民众。于是后羿射掉九日，射杀六种怪兽，为民除害，万民皆喜。后来，后羿向西王母讨要长生不死药，西王母念其解救众多生灵之功，把药赐予了他，不想却被其妻嫦娥偷吃了，嫦娥由此"奔月"。

　　德州民间还流传着有关后羿与嫦娥的另一个传说：有一天，嫦娥在桂树下采花，突遇一只猛虎。嫦娥吓得不知所措，丢掉花篮大声呼救。后羿正好沿鬲津河狩猎，循声而去，拈弓搭箭，一箭射中虎眼。虎虽受伤，野性犹在，转身扑向后羿。后羿徒手与虎搏斗，打死猛虎，救下嫦娥。嫦娥感激万分，以身相许，二人便以桂树为媒，结为夫妻。后羿在鬲津之畔为嫦娥修造宫殿，夫妻二人十分恩爱。当时，天上突然出现了十个太阳，烧焦了庄稼，烤死了草木，人民没有了食物。同时猰貐、凿齿、九婴、大风、封豨、修蛇等妖魔鬼怪也开始危害百姓。后羿与嫦娥挺身而出，嫦娥以桂木为杆、神石为镞，为后羿制成神箭。后羿带神箭出征，将凿齿处死在畴华之野，将九婴诛杀于凶水之上，将大风击败于青丘之泽，射掉天上多余的太阳，杀死猰貐，将修蛇斩于洞庭，在桑林擒住封豨。百姓欢天喜地，对后羿与嫦娥感恩不尽。西王母得知此事，赐予后羿长生神药，后羿将神药交给嫦娥保管。后羿有一管家叫寒浞，是个奸邪小人，趁后羿外出狩猎，威逼嫦娥交出神药。情急之下，嫦娥吞下神药，结果身不由己，飞到了天上。由于不忍心离开后羿，嫦娥滞留在月亮上的广寒宫。广寒宫里寂寞难耐，于是嫦娥就催促吴刚砍伐桂树，让玉兔捣药，想配成飞升之药，好早日回到人间与后羿团聚。后羿听说嫦娥奔月之后，痛不欲生。王母为二人的真诚所感动，于是允许嫦娥每年在月圆之日下界与后羿在桂树下相会。据说，月圆之日在桂树下仍能隐约听到哭声。这些美丽的传说，表达了人们对先祖与大自然无畏抗争的崇敬。

2. 乐陵金丝小枣的传说

百里枣乡的来历

乐陵以盛产金丝小枣而蜚声中外，素有"百里枣乡"的美称。乐陵人民自古便对金丝小枣充满浓浓乡情，留下了许多美丽的传说。

魏晋时期，乐陵有一个叫王欢的人，刻苦读书。有一次他得了重病，卧床不起，但家里很穷，没钱治病。高平游医王熙来到此地，特意来到王欢家为他诊治。他看到门前的一株老枣树，便用这棵树上的枣入药。结果，王欢病愈，二人义结金兰。后来，王欢成为著名学者、诗人，任国子监博士。后人为纪念王欢、王熙，便将此树命名为"药王树"。

乾隆下江南，途经乐陵。口渴时，便命人摘下几粒红枣。一入口，顿觉甜透六腑，爽净五脏，脱口而出："好果，称朕意。"遂挥毫写下"枣王"二字。乡民感恩御赐，制成金匾，挂于此树。故此树称"枣王树"。

相传，王双志村有个王姓女子，美貌绝伦，被皇帝看中，下了一道圣旨命其入宫，逾期满门抄斩。可这女子自小与同村同姓的王君青梅竹马、情义甚重，于是两家人便商量为他们提前完婚。成婚之日，按照乐陵旧习，新人必先吃枣子，寓意"早生贵子"。由于乡人戏逗，新娘不慎将枣核咽下。官府催人甚紧，后半夜，新娘思考再三，觉得自己只有一死才能救下全家。她打定主意，悄悄溜出家门，投进了枣树下的一眼深井。待乡人发现，她早已香消玉殒，众人一片叹惋之声，将王姓女子就地掩埋。第二年，这王姓女子坟头之上竟长出了一株枣树，人们说这是王姑娘的化身。又过了几年，老树腹中又生出一株小树，人们说，这是她和王君的孩子。也有人说，这是王氏咽下的枣核所生。从此，"母子树"的故事就这样流传下来了。

乐陵古城有一个青年擅画枣树，其中一幅被一个员外收藏，见画中枣欲落、露欲滴，视为宝画。一天，青年指着那幅画说："不足，树枝上竟没有画上棘针。"员外以为此青年谦虚可教，便把女儿许配给他。不料，青年因病暴亡，员外的女儿于坟头痛哭，随着姑娘的哭声，坟上长出了一棵枣树。哭一声长一寸、哭两声长一尺，一个时辰后竟枝繁叶茂、开花结果。姑娘摘下一个一尝，竟然没核。姑娘想，这棵树不正是郎君的化身吗？于是人们便把这棵树上结的枣叫做"虚心枣"，又称"无核枣"，这棵树就叫"虚心树"。

关于乐陵金丝小枣的传说还有很多，这些传说故事广泛流传于枣乡人民群众之中，是枣乡人民代代相传的口头文学。

3. 唐枣树

庆云周尹村的千年枣树

　　在庆云县漳卫新河南岸周尹村附近，有一千亩古枣群，树龄都在几百年以上。在这片古枣林中，有一棵千年以上的古枣树，它是隋末唐初种植的，树龄在一千四百年以上。庆云当地有很多关于唐枣树的传说，流传最广的是隋末瓦岗寨起义将领罗成曾在此拴马的传说。

　　相传隋末唐初，瓦岗寨英雄罗成同父亲罗艺在边关征战多年，征尘未洗，回山东历城老家探亲。一日来到山东河北交界处的庆云县鬲津河畔，一见河水碧绿清澈，河岸上绿草茵茵，父子俩便下马歇息。罗成在河边饮完马，见河南岸不远处有一棵长势茂盛的枣树，便走过去将马拴在树上，然后躺在树下乘凉。此时正值农历八月，天气依然炎热，又加上连日征战，罗成非常疲劳，不一会儿便鼾声大作，躺在树下睡着了。父亲见儿子饮马未归，便四下寻找，听到马的嘶叫，循声寻到树下，

见罗成睡得正熟，又见儿子一脸倦容，不忍心喊醒，便也倚在树上睡着了。不知不觉，一个时辰过去了，父亲罗艺醒来，抬头见日头偏西，便叫醒

唐枣树

还在熟睡的儿子，想催马赶路。这时父子俩才感到肚子咕咕直叫，原来两人都还没吃午饭。抬头一望，见四处皆是枣林，不见村舍，何处寻得酒饭？正在一筹莫展之际，罗成忽然觉得头上啪地响了一下，一抬头，见是从树上落下的一颗红枣砸在头上，滚落在脚下。罗成捡起来放在嘴里一咬，便觉得满嘴生津，甘甜透腑。他随即顺手在树上摘下一把红枣递给父亲，罗艺吃了几颗，连称好吃。罗成便爬上树去，摘起枣子来。

罗成在历城住了几日，秦王李世民边关告急，召罗成飞马疾去。罗成见了李世民，下马见鞍中有几颗色泽鲜亮、形似玛瑙的红枣。原来他在树下拴马时，树上有几颗红枣落在了马鞍的夹缝中，当时他只顾星夜赶路，并未发现。现在见了，舍不得再吃，便拿出来献给李世民，并把拴马摘枣的故事向他叙说了一番。李世民听罢，又将红枣放在嘴里一嚼，果然香甜四溢，美味可口，称赞不已。后来罗成战死沙场，秦王李世民做了唐朝的皇帝，一日三餐尽是山珍海味，时间一长，他吃得有些口腻。忽一日，他想起了罗成献给他的那几颗红枣，赶紧差人下乡来寻。寻枣的官差翻过千山万水，从京城长安来到鬲津河畔，总算找到了罗成拴马的那棵枣树，摘下一些熟透的红枣回京城献给李世民。李世民吃后赞不绝口，从此，这棵有着千余年历史的枣树，被当地百姓称为"唐枣"。

4. 海岛金山寺的传说

唐僧出家成长之地

　　庆云海岛金山寺始建于隋朝，兴盛于唐朝，到金宋南北分治时期，海岛金山寺达到鼎盛，成为全国著名寺院。相传海岛金山寺是唐代高僧玄奘出家修行之地，这也是该寺最为著名的传说之一。

庆云海岛金山寺

　　玄奘祖籍河南，出身官吏家庭。他的父亲陈光蕊是新科进士，当朝宰相殷开山便把女儿殷满棠嫁给了他。陈光蕊携妻殷满棠赴无棣县（今庆云于家店村北）上任，途经庆云志门刘村，乘船渡河，水贼刘洪见殷氏娇柔妩媚，顿起歹心。船行至河中，刘洪趁机将陈光蕊推入河中溺死，强行霸占了殷氏。当时，殷氏已有身孕，只得忍辱偷生。

　　孩子生下后，刘洪又欲加害。殷氏将写有孩子身世的布条缝于他的胸襟上，然后将孩子藏入木匣，偷偷放入河中。木匣顺水漂至金山寺河段，被寺内僧侣发现救起。之后不久，殷氏自尽身亡。

法明长老先将孩子托付给附近康家村的梁氏乳养，稍长后回寺，俗称"海流和尚"，也就是后来的唐僧。

5. 红坛寺的传说

建文帝出家隐居之地

红坛寺位于临邑县林子镇，关于该寺的传说在当地广为流传。相传建文四年（1402），燕王的军队攻入南京，朱允炆按照朱元璋遗嘱，和翰林院编修程济等人扮作僧人逃出京城，来到临邑城，在这里修起了红坛寺并在寺中修行避世。

寺旁有一条南北官道，每月逢五排十，此处都有集市贸易。历经了永乐、洪熙、宣德三代，曾经与朱允炆一同入寺的僧侣们相继过世，其中有九位高僧被埋在了红坛寺的东北角，这就是传说中的和尚坟。

临邑红坛寺森林公园

明正统五年（1440），朱允炆对众僧说："我是朱允炆，是建文皇帝。"官府得知此事后，赶紧把他护送到京城，从此，宫中人称其为

198

"老佛"。归京时,朱允炆六十四岁,死后葬于西山。

随着朱允炆离寺,红坛寺也日趋衰落。清朝乾隆皇帝微服私访时曾路过此地,他看到红柱红墙的寺院位于一高高的土坛之上,遂称其为"红坛寺",赐立红坛寺"大明护国之碑"。

近代黄河改道后,洪水肆虐,红坛寺逐渐消亡在黄河的波涛中。洪水退去,这一带便成了黄河故道湿地,绿树成荫,植被茂盛,以刺槐为主。每年春季槐花盛开,槐香四溢。如今,这里已建成红坛寺森林公园,一年一度的槐花节人流如潮,热闹非凡。

6. 大云寺白马渡康王

宋高宗脱险的传说

过去,夏津城东有一座大佛寺,名叫"大云寺",相传建于武则天时期,是本地最大的寺庙。大云寺钟楼北侧有一座白马殿,殿内塑一白龙驹神像。

北宋末年,金兵南犯,汴京失陷,徽钦二帝被掳,连同康王赵构一同被押往北国。一天晚上,大云寺方丈虚凡大师夜得一梦,梦中佛祖如来将其唤至大雄宝殿说:"世间人主更迭自有定数,佛门无意干预。今大宋徽钦二帝被掳,但大宋气数未尽,你可即去白马殿,对白马如此相嘱,即可保住大宋的半壁江山,帮其后人继承大位,也不枉白马享受多年人间香火。"虚凡大师知是佛祖显圣,不敢怠慢,连忙起身直奔白马殿,近得白马身旁,将佛祖所下旨意如实传达,然后拍拍白马的头,说声"快快去吧"。

再说康王赵构，随同被掳的徽钦二帝被押往北国，途中康王寻机逃脱。夜宿一村舍，睡梦中被金兵的追杀声惊醒。康王慌忙出逃，情急中听得村边有战马嘶鸣，正惊疑追兵到来，只见一匹白马站在路边。康王顾不得多想，赶忙上马，抓紧马鬃，向南急奔。逃至黄河岸边（黄河改道后从夏津流过），只见河水汹涌，波浪滔滔，挡住了去路，这时后面的追兵已到。康王仰天长叹："孤王休矣，天亡我大宋！"在这危急关头，只听胯下白马一声嘶鸣，四蹄腾空而起，跃入翻滚的河中，踏浪劈波，向对岸冲去。

追兵无法渡河，只好乱箭齐发，但众矢皆落于河中。不一会儿，康王已到对岸。康王继续骑马前行，不多时来到一寺院门前，定睛看时，只见好大一座寺院。抬头观望，见山门匾牌上镶有三个鎏金大字——"大云寺"，寺门大开，无人看守，似专为他而开。康王牵马进寺，边走边看，只见天王殿、大雄宝殿、观音殿、万佛殿、福寿殿次第排列，钟鼓楼、配殿、寮房分列两侧，真是殿宇高耸，气势恢宏。康王沿钟鼓楼往北至福寿殿东侧，又见一配殿，上书"白马殿"，康王不由心生疑窦：白马也能立殿受祀？回头看了看白马，不由得恍然大悟：今日若非白马相助，自己岂能得生？复国之梦岂不化作泡影？此马正可入殿受祀。想到此，欲牵其进殿，赵构大吃一惊——哪有什么神马，站在身后的只不过是一匹泥塑之马，浑身上下泥浆流滴。康王心说：助我渡河的莫非泥马？泥马入水岂不泡散？刚想到此，只听哗啦一声，白马散坍在地，化为一堆泥土。

康王方知此次逃生乃大云寺神马所为，佛祖相助。后来，康王赵构称帝，他就是宋高宗。

民国时期，大云寺毁于战火。2011年在黄河故道森林公园重建大云寺，占地面积230亩。2013年竣工，建成由山门、钟鼓楼、放生池、天王殿、千佛殿、观音殿、大雄宝殿、藏经阁等组成的气势恢宏的庙宇建筑群。

7. 四女寺的传说

傅家四个女儿孝亲的故事

汉朝景帝年间，有一安乐镇，即今天大运河南岸武城县的四女寺镇。镇上有一傅姓夫妇，生了四个女儿，个个天姿超群、聪慧过人、知书达礼、孝敬父母，再加上家道殷实，夫妻二人乐善好施，街坊邻居无不称道。

转眼间，女儿相继长大成人，傅氏夫妇也已年近半百，想到日后女儿结婚无人养老送终，不免黯然神伤，倍感凄凉。

大女儿年长几岁，体谅到了父母的心情，便和三个妹妹商量："父母年纪大了，以后咱们姐妹四人各自成家，父母就无人照料。我有个两全其美的主意，我留在家中侍奉父母，一来可以使父母安度晚年，二来你们成家后也就不用时刻挂心父母了。"三人一听，异口同声地反对："都是一母所生，我们怎好撇下父母？愿和姐姐一道奉养双亲！"大姐看她们态度坚决，就说："既是这样，那就看天意吧。依我之见，咱姐妹四人各栽一棵槐树，槐枯者嫁，槐茂则留，你们意下如何？"

三人听了，齐声称好。于是，姐妹四人各自在大门口栽了一棵槐树，日夜留心，都企盼自己能够留在家中。谁知数月以后，四棵槐树全都枝繁叶茂，亭亭玉立。大姐偷偷用热水浇三个妹妹的槐树，不料这一举动被妹妹们发觉了，她们都暗暗地效仿大姐，用热水浇别人的槐树。这样过了一段时间，槐树不但没死，反而更加茁壮。四姐妹疑心是天意昭示，越发坚定了留家侍亲的决心。

傅家丰衣足食，又有四个如花似玉的女儿，说媒提亲者络绎不绝，傅老夫人便向四个女儿转告各方求亲之意。四女矢志不嫁，并将所议之事及植槐经过告知父母。二老闻言大惊，极力劝阻。四女为表心意，便卸下女儿装束，换上男子衣冠，学着儒生的样子学诗词书画。姐妹们平日说话如同兄弟，谈诗论字又似朋友，绝口不提婚嫁之事。二老见状，又惊又喜，不再劝婚。媒人见四女心坚如铁，也不再登门说亲。从此，四女专心侍奉父母，闲暇之时则博览诗书。

四女祠

光阴如梭，四女二十年如一日奉亲至孝，傅氏夫妇虽年近古稀，仍耳聪目明，那四棵槐树也日渐粗壮，郁葱成荫。四女又朝夕焚香，日夜诵经，祈祷双亲平安长寿。一天，有一个相貌非凡的人来到安乐镇，远远望见四棵槐树亭亭如旗罗伞盖，便寻踪而至，在庄园前驻足凝视良久，道："草木属阴，鬼木为槐。观此槐之状，必有奇女居此。"于是整衣冠躬身而入。十日后，左邻右舍忽然发现傅氏一家不知何时已经人去屋空。

于是众说纷纭，有人说傅家积德行善感动了神灵，已修道成仙。此事很快传遍十里八乡，为安乐镇平添了九分神秘色彩，过往行人客商争相拜访傅家遗迹。日久天长，竟使得安乐镇店铺林立，商贾云集，买卖兴隆，富足一方。世人念及四女施恩故里，四槐又亭亭玉立，就把安乐镇改为"四女树"。后人建四女祠，于是四女树又称"四女寺"。四女孝亲的故事代代流传，孝道大兴。至今四女寺仍有"德化之乡"的美誉。

8. 骑龙抱凤的传说

"秃丫头"变"娘娘"

德州城东南十五里的减河西岸有一个村庄，叫"大申庄"。有一条连接减河与鬲亡河（岔河）的古老河沟从村中穿过，把村庄分成南北两半，村民只能在一座小石桥上通过。

相传在明朝初年，村里有一位风水先生马老汉，妻子早亡，膝下有两男一女。一天晚饭时，兄弟俩问父亲："爹爹，您每天帮别人看风水，啥时也给咱自己家看看风水，看咱啥时也能过上富裕日子？"马老汉寻思了一会儿说："咱家要想过好日子，你们要做到两件事才行。一是村东头河沟里有大红鲤鱼，你哥俩到某天夜深人静时，要逮一条鱼回家；二是在我百年之后，你们要抬着我的灵柩一直往西走,见到扁担开花和头戴铁帽的人时即可下葬,那时咱家就可以过上富裕日子了。"哥俩听后半信半疑,但还是牢记在心里。

转眼到了摸鱼的日子。午夜时分,哥俩悄悄来到村东头,只见满河沟的水像一条白色丝带般闪烁着晶莹的银光。哥俩忙下水捕捉,费了九牛二虎之力,好不容易逮住一条鱼,在灯下一看,正是一条活蹦乱跳的大红鲤鱼。第二天,全家人欢天喜地等爹爹回家炖鱼。可是,马老汉忙于帮人看风水,一天都没能在家吃饭,鱼没能炖成。第三天、第四天均是如此。第五天,马老汉告知全家:"不要等我了,你们照顾好妹妹,给我留几块鱼就可以了。"鱼炖好后,哥嫂给爹爹留出几块鱼的中间部位,妹妹只能吃些鱼头、鱼尾和鱼骨头。妹妹吃了鱼后,便长出一头的秃疮,非常难看,且疯疯癫癫。

转眼间三四年过去,马老汉操劳成疾,不久病逝。出殡时,兄弟二人按照老人生前的嘱托,请村民抬着灵柩,出村一路向西走去。当走到村西约一里多路时,碰到邻村卖糖葫芦的一个村民进城赶集归来,头顶新买的一口铁锅遮雪,肩扛扁担,扁担上插着几朵新买的年蜡纸花,与队伍擦肩而过。老大忙叫停下,这里不就是爹爹说的"扁担开花和头戴铁帽的人"吗!兄弟俩商量就地下葬。

当时明宣宗后宫佳丽三千,却无一人能应皇帝的心思,皇帝很是郁闷,想着到民间选妃,日思夜想,几乎成了心病。忽有一日梦入仙境,得仙人指点:"皇妃出在京城东南方,运河旁,大申庄,骑龙抱凤的是娘娘。"皇帝惊醒,决定亲沿运河选妃。但是，所有参选秀女中都无中意之人，正要起驾回宫时，突然间看见一个女子在院墙上骑着，怀里抱着一只母鸡。皇帝大声喊停，说："我要寻找的就是那个骑在院墙上的女子，她就是我要找的妃子！"随从人员近前一看，这丫头又秃又脏，有失体统，于是几个年老的太监便领秃丫头到村东河沟边去洗脸。秃丫头来到河沟边捧水一洗，秃疮全掉了下来，掉在水里成了一个银碗，露出了满头的乌发；再看她的面孔，鲜若桃花，倾国倾城，温文尔雅，聪明伶俐，疯癫样子不见了踪影。人们都说先前又秃又疯，是神仙给她带上的面罩，为的是不让她露出真容，专给皇帝留着的。皇帝龙颜大悦，带着娘娘起驾回京。从此马家大富大贵，成了远近闻名的大户。

9. 药王庙题匾

董其昌的传说

过去，德州城东南有一座殿堂巍峨、宏伟壮观的药王庙，庙门上方匾额上书"药王庙"三个大字，浑厚雄健，苍劲有力，传说是明代大书法家董其昌所书。

明代德州既是漕运码头，又是九省进京官道的枢纽，城内商贾云集，店铺林立，十分繁华，仅经营川、广、云、贵生熟药材的药店就有十几家。药商们为活跃市场，扩大经营，商议修建一座药王庙。他们与州城士绅名流广泛接触，募捐一年，集纹银数千两，成立了庙董会。又聘请匠人，在南门外柴市街东口破土动工。经过两年的建造，宏伟的庙宇终于竣工。该请何人书写庙门匾额呢？庙董们不约而同地想到了时任德州知州的董其昌。

董其昌是华亭（今上海松江）人，祖籍山东莱阳，明代书画家。求他题字，并非易事。于是，便由名望较高的士绅出面求书，董其昌当即应允，但却迟迟不写。庙董们看着庙内的油漆绘画已将告竣，急待悬挂匾额，却不敢贸然前去催促。又知知州大人为官清正，不能送礼，只能干着急。

一天清晨，北风骤起，刮得天昏地暗，知州大人在后堂看书不得，只好合书闷坐。偶见几案之上蒙了一层尘土，忽然想起了庙董们求写匾额之事，寻思良久，计上心来。原来，董其昌常到衙门对面张老夫妇的果子铺吃早点，但从未付钱。这是因为衙门老爷吃早点一向有年节一次付酬的习惯，而张老夫妇也从不向他索讨。董其昌十分感激，想将润笔之费赏赐给张老夫妇。下午，大风渐息，董其昌出了衙门，来到张老夫妇的果子铺，看见炸果子的案板上落了一层尘土，心中大喜，遂命老妇拿来刷锅炊帚，用炊帚在案板上随手一挥，写下了"药王庙"三个大字。随后告诉张老夫妇："明天不要炸果子了，如果有人来买这块案板，你们要多多向他索取银两。"董其昌回衙后，命人放出风去。第二天，庙董们闻讯赶到果子铺，要买那块案板。张老夫妇狠狠心要了二十两银子，庙董们也不还价，付上银子，便命人将案板抬到了有名的刻字店，经刻字艺人精心雕刻，一块精美的匾额便悬挂在了药王庙的庙门之上。董其昌听说张老夫妇仅要了二十两银子后，叹道："庶民如此忠厚，何愁德州不兴！"

10. 酒香"陵州罗"

德州罗酒的来历

明清时期，德州罗酒以其"香、醇、浓、绵、甜、净"享誉运河两岸。罗酒最早是由州城名门望族罗家酿制的。自明末罗国士考中进士，罗氏家族兴起。罗国士，字尚友，号钦瞻，明崇祯十年（1637）进士，历官直隶固安知县、河南安阳知县、礼部主事、陕西道监察御史等职。后辈传承家学，文人辈出，成为德州名门望族。罗酒又称"罗钦瞻酒"。据说，罗国士致仕还乡后，筑罗朴园，园内广植菊花、莲花，清香宜人。罗国士自酿美酒，并以自家园中的莲、菊为"酒引"，酿制出清香的美酒，世称"罗酒"。后来，各家酒坊纷纷效仿，罗酒誉满州城。

关于罗酒，还流传着一个美妙的神话传说。某日，八仙之一铁拐李路过德州，忽闻阵阵酒香。铁拐李是出了名的"醉八仙"，最好美酒。于是，他便顺着酒香，来到罗家酒坊讨要酒喝。罗家本不卖酒，但乐善好施，罗国士见来者破衣烂衫，一瘸一拐，便起了恻隐之心，命家人奉上一坛新酿罗酒。铁拐李一饮而尽，说道："少菊香，欠荷清。"罗国士闻言大惊，知道来者必是高人，于是请铁拐李正厅入座。铁拐李疯疯癫癫，不加理会，只讨要一葫芦酒。罗国士欣然应允，命人打酒，结果一缸酒灌下，葫芦也未满。罗国士不食前言，命人将酒坊所有的酒通通灌入葫芦。铁拐李大笑而去。临行，将随身带的一瓶瑶池水倒入罗家井中，并在园中洒下菊、荷种子。从此，罗家井中的水甘冽清甜，罗朴园内荷叶田田，菊花满园。罗国士按仙人指点，用罗家井水酿制，以园内菊、荷为"引"，酿出了独具风味的罗家酒。

清代学者王培荀在其《乡园忆旧录》中写道："罗酒出德州，以罗氏善酿得名，而造者非止一家，京师也有仿为之者。"由此可见，罗酒誉满天下，不仅德州有多家酒坊制造罗酒，而且北京等地也出现过仿造的"罗酒"。清代大文豪王士禛作《德州罗酒》一诗，把罗酒比作"康王水"。清代德州籍诗人宋弼也有"城中贤豪多好事，家家秋酿菊花浓；就中罗酒称第一，清如玉雪传高风"的诗句。清代才子纪晓岚在品尝罗酒后写下了脍炙人口的《罗酒歌和宋蒙泉》，诗云："曲生风味真可忆，主人云出陵州罗。"德州元代称"陵州"，故用"陵州罗"代指德州罗酒。

参考文献

[1]〔明〕唐文华等纂：万历《德州志》，明万历四年（1576）刻本。

[2]〔清〕金祖彭修，〔清〕程先贞纂：康熙《德州志》，清康熙十二年（1673）刻本。

[3]〔清〕王道亨修，〔清〕张庆源纂：乾隆《德州志》，清乾隆五十三年（1788）刻本。

[4] 李树德修，董瑶琳纂：民国《德县志》，1935年铅印本。

[5]〔清〕江鸿孙修，〔清〕刘儒臣、〔清〕王金阶纂：宣统《重修恩县志》，清宣统元年（1909）刻本。

[6]〔清〕厉秀芳纂修：道光《武城县志》，清道光二十一年（1841）刻本。

[7]〔清〕骆大俊纂修：乾隆《武城县志》，清乾隆十五年（1750）刻本。

[8] 王延伦修，王曧铭纂：民国《增订武城县志续编》，1912年刻本。

[9] 〔清〕方学成修，〔清〕梁大鲲纂：乾隆《夏津县志》，清乾隆六年（1741）刻本。

[10] 陈璞平编著：《兵出渤海湾》，青岛出版社2013年版。

[11] 郭新中：《德州抗日斗争》，线装书局2010年版。

[12] 德州市地方史志办公室编：《德州往事》，中国文史出版社2014年版。

[13] 杨杰主编：《德州市非物质文化遗产集萃》，济南出版社2019年版。

[14] 王守栋著，王志民主编：《苏禄王后裔家族文化研究》，中华书局2013年版。

[15] 王志民总编纂，梁国楹、黄金元主编：《历代诗咏德州总汇》，山东人民出版社2020年版。

[16] 王宪贞：《德州地域文化拾遗》，线装书局2015年版。

[17] 田玉茂、史好泉主编：《德州文化通览》，山东人民出版社2012年版。

后　记

　　《丛书》（下编）的编纂，是在中共山东省委宣传部直接领导下完成的。省委常委、宣传部部长白玉刚同志统筹策划部署，并担任编委会主任，多次主持召开编委会会议，提出明确目标要求和指导意见。省委宣传部分管日常工作的副部长、省文明办主任、省新闻办主任袭艳春同志对本书的立项出版、风格设计等方面提出了许多宝贵意见。在魏长民、毕司东、程守田、张同海、冷兴邦等同志的大力指导支持下，以教育部人文社科重点研究基地山东师范大学齐鲁文化研究院为学术挂靠单位，组建了《丛书》编纂学术委员会，具体负责编纂学术指导、质量把关、终审定稿工作。山东师范大学特聘资深教授王志民任主任，山东大学儒学高等研究院教授杨朝明、中共山东省委党史研究院原一级巡视员韩延明、鲁东大学原副校长刘焕阳、山东齐鲁师范学院原副院长刘德增任副主任。

　　《丛书》（下编）为每市一卷共 16 卷，都列为山东省社科规划一般项目。在省委宣传部统一领导下，各市委宣传部负责本市卷的具体组织编纂工作。《丛书》编纂学术委员会制定了统一的《编撰体例》《编撰指导意见》；在主任全面负责下，分为4个片区，各由一名副主任作为首席专家具体指导，杨朝明教授：淄博、泰安、济宁、枣庄；韩延明教授：潍坊、临沂、日照、菏泽；刘焕阳教授：青岛、威海、烟台、东营；刘德增教授：济南、聊城、德州、滨州。各市委宣传部认真落实省委宣传部、编纂学术委员会的部署，大力支持编纂工作，组织有关部门与专家对提纲设计、样稿研讨、通稿定稿等关键环节，反复研讨、审议；各片区进行了多次研讨交流，相互借鉴，取长补短；各卷主编和全体编纂人员团结合作、齐心协力，付出了艰辛劳动。山东文艺出版社提前介入，对编纂工作和撰稿体例等提出了许多宝贵意见。在此，我们谨向为《丛书》编纂付出心血的各位领导、专家、作者和所有相关同志们表示诚挚感谢！

本册编纂，得到首席专家刘德增教授悉心指导，中共德州市委常委、秘书长赵学坤同志，分管副部长刘之荣同志给予多方关心支持；本市李文豪、黄山等同志提出诸多意见和建议。主编王守栋教授全面负责本册的编纂工作。具体撰稿分工如下："九达天衢"部分由王守栋、张明福、王宪贞、乔毅撰写；"名人逸事"部分由王守栋、张明福、黄金元撰写；"文明遗珠"部分由张明福、王守栋撰写；"多彩非遗"部分由王守栋、张明福、崔秀霞、杨蕾撰写。

由于学识水平与编纂时间所限，不足之处在所难免，敬请专家和读者批评指正。

编者

2023 年 8 月

212